Emily Huws

Glywsoch chi Stori?

Gomer

i gofio am
Non
a glywodd yr un straeon
ac i
Gwenno

Cyhoeddwyd yn 2011 gan Wasg Gomer, Llandysul, Ceredigion SA44 4JL.

ISBN 978-1-84851-440-9

Dymuna'r cyhoeddwyr gydnabod cymorth Cyngor Llyfrau Cymru.

Argraffwyd a rhwymwyd yng Nghymru gan Wasg Gomer, Llandysul, Ceredigion.

Glywsoch chi stori?
Caseg yn pori.

Glywsoch chi ddwy?
Hi aeth ar y plwy.

Glywsoch chi dair?
Hi aeth i'r ffair!

Mi af i'r ysgol fory
Â'm llyfr yn fy llaw;
Heibio i'r castell newydd
A'r cloc yn taro naw.

1. Mynd i'r Ysgol

'Gain!' meddai Kathryn Llys Gwynt yn gyffro i gyd y munud y rhoddais fy nhroed yn y tacsi, 'Gain!' (achos does neb byth yn fy ngalw wrth f'enw llawn), 'Gain, be ydi'r peth gorau un yn y byd crwn cyfa gen ti?'

Gan mai Kathryn Llys Gwynt ydi hi, ni roddodd gyfle imi ateb. Cyn i'r tacsi sy'n mynd â ni i'r ysgol ailgychwyn, byrlymodd ymlaen, heb gymryd ei gwynt bron:

'Ceffylau ydi'r pethau gorau gen i. A ti'n gwybod be? Dwi wedi cael merlen! Hi ydi fy mheth gorau un-un-*un* i! Mae'n *rhaid* iti ddod i'w gweld hi. Y *ddau* ohonoch chi,' ychwanegodd gan droi at Seimon Bodlas wrth ei hochr.

∞

'Car plant' fydd Nain yn galw'r tacsi.

'Brysia!' gwaeddodd o droed y grisiau pan oeddwn yn y llofft yn hel fy mhethau at ei gilydd. 'Tân dani! Mae'r car plant wedi mynd i fyny!'

I fyny'r allt i Llys i godi Kathryn, cyn troi rownd i ddod i lawr yn ôl, codi Seimon wrth giât Bodlas ac aros wedyn i nghodi i wrth geg ein lôn ni, oedd hi'n ei feddwl. Sgrialais i lawr y munud hwnnw, am ddal ar y cyfle cyn mynd o'r tŷ.

'Bydd fy mhen-blwydd cyn bo hir,' meddwn.

'Does dim amser i sôn am hynny.'

Dyna'r union reswm imi ddewis yr amser mor ofalus.

'Un anrheg mawr neu ddau bach?'

'Ia, am wn i. Dyma hi dy gôt di.'

'Dau dwisio 'leni.'

'Iawn, ond nid dyma'r amser i . . .'

'Tatŵ a ffôn.'

Llithrodd fy nghôt o'i gafael. Syrthiodd yn sypyn blêr wrth ei thraed.

'Grasusau mawr!' meddai hi'n wantan.

'Iâr fach yr haf,' meddwn i. 'Ar dop fy mraich neu ar fy ffêr. Dwi'n methu penderfynu!'

Roedd yn andros o anodd cadw wyneb syth. Bron imi floeddio chwerthin pan welais yr olwg ar ei hwyneb. Edrychai fel petai wedi'i syfrdanu. Gwibiodd drwy fy meddwl mai fel yna'n union mae'r cwningod sy'n cael eu dal yng ngolau car ar ffordd Rhos wedi iddi dywyllu.

'Mae tatŵ yn y ffasiwn rŵan,' ychwanegais yn dalog. 'A fedra i decstio fy ffrindiau fel mae pawb yn gneud wedi cael ffôn symudol.'

Cuddiais wên wrth blygu i godi fy nghôt a throi ar fy sawdl, ddim eisio tin-droi wedi plannu'r syniad. Brysiais i roi sws sydyn-sydyn iddi. Doedd gen i ddim gobaith o gael tatŵ, siŵr iawn! Gofyn am ddau beth gan obeithio cael un oedd y tric. Yr un roeddwn i wir eisio. Dychmygais 'mod i'n llithro ffôn coch, tenau, smart ar agor y munud hwnnw!

Am 'mod i'n teimlo rhyw fymryn bach yn euog am bryfocio, rhoddais sws frysiog ar ei boch arall hefyd. Cefais sws yn ôl fel petai hi mewn breuddwyd.

'Golli di'r car plant os na frysi di,' meddai hi fel roeddwn i'n cydio yn fy mag ac yn mynd o'r tŷ, yn swnio fel petai'r sioc wedi cipio'i llais.

Ond fyddai Twm Tacsis-Twm byth yn mynd hebof i. Os na fydda i'n aros ar ochor y lôn neu hyd yn oed os ydw i ddim wedi cychwyn o'r tŷ i'w gyfarfod, byddai'n aros amdanaf. Oherwydd mae'n gwybod yn iawn y byddai Nain wedi ffonio i ddweud petawn i ddim yn mynd i'r ysgol y diwrnod hwnnw am ryw reswm.

Clywais o'n dweud cymaint mae'n gwerthfawrogi ei bod hi'n gwneud. Yn wahanol iawn i rai pobl, meddai fo. Gwn yn iawn pwy oedd o'n ei feddwl: mam Kathryn.

Yn gwneud i Twm aros am hydoedd yn y bore heb drafferthu i ddod ato i ddweud fod Kathryn yn sâl. Gweld bai arno am beidio dod â hi adref yn y pnawn gan gwyno'n syth wrth ei fòs a'r ysgol. Am wneud drwg iddo. Ond sut roedd o i fod i wybod fod Kathryn wedi dod i'r ysgol ar ôl cinio?

'Honna i Fyny'n Fan'na,' fydd Nain yn ei galw hi. 'Yn meddwl ei bod hi'n gwybod y blydi lot!' meddai hi'n chwyrn unwaith. Fydd hi byth, byth yn rhegi. Gwyddwn yn syth bryd hynny fod 'honna', rywsut, wedi tynnu blewyn o'i thrwyn yn ddifrifol.

'Kathryn hefyd,' meddwn i, yn cofio iddi ofyn y tro cyntaf y daeth hi i'r ysgol a deall y byddai'n teithio yno efo ni.

'Lle wyt ti'n byw?'

'Castella,' atebais.

Agorodd ei llygaid yn fawr. Rhoddodd ei llaw dros ei cheg. Dechreuodd biffian chwerthin.

'Be sy?' holais yn syn.

Pwyntiodd fys sbeitlyd ataf.

'Chdi sy ddim yn siarad yn iawn!'

'*Be?*'

'Pawb yn gwybod mai *cestyll* ydi mwy nag un castell!'

Ddywedais i ddim byd.

Pesychodd Sei. Edrychodd Kathryn arno fo yn lle arna i. Dydi Sei ddim yn fab i athrawon i ddim byd.

'Castell-haf ydi'r enw iawn,' eglurodd yn bwyllog. Ond mae'r "h" a'r "f" wedi diflannu ar dafod leferydd.'

'Y?' meddai Kathryn.

Yn fy mhen, yn glir fel cloch, yn union fel petai'n sefyll tu cefn imi, clywais Nain yn dweud: 'Pardwn ti'n feddwl!'

'Wrth i bobl siarad,' eglurodd Sei yn ddifrifol. 'Does ganddo ddim byd i 'neud efo lluosog y gair *castell*. Gain sy'n iawn.'

'A fedrwn i na neb arall ddim byw mewn mwy nag un castell ar y tro,' meddwn i.

'Swnio fel petaet ti ond yn byw yno yn yr haf,' grwgnachodd Kathryn, ddim am i mi gael y gair olaf.

Cafodd wers hanes gan Sei y munud hwnnw: 'Tŷ haf ar gyfer pobl bwysig yr eglwys oedd o erstalwm. Yr Archesgob a'r Esgob yn dod yna am seibiant o'r eglwys gadeiriol.'

'Sut o'n i i fod i wybod?' gofynnodd Kathryn, yn berffaith sicr nad oedd hi ar fai.

'Mae'r enw ar y porth,' meddwn i.

'Medru darllen yn beth handi,' meddai Sei heb wên ar ei wyneb. Am ei fod yn edrych mor sobor, does fawr neb yn sylweddoli cymaint o glown ydi o go-iawn.

'Fedra i ymladd fy mrwydrau fy hun,' meddwn

wrtho'n biwis wedi i Kathryn droi draw. 'Does dim rhaid iti gadw 'nghefn i.'

'Felly pam na wnei di? Yn lle sefyll yn fan'na yn agor a chau dy geg ac yn deud dim byd?'

'Dim 'mynedd,' meddwn i.

'Gwna 'fynedd neu ei di dan ei thraed hi. Rêl pobl ddŵad.'

'Newydd gyrraedd yma ond yn meddwl ei bod yn gwybod yn well na ni,' cytunais, yn difaru imi weld bai arno.

'A ninnau yma erioed,' cwynodd Sei.

'Fel'na maen nhw,' meddai Nain. 'Heb syniad be ydi cymdogaeth dda!' wfftiodd unwaith.

Mynnais innau nad oedd hynny'n dal dŵr. Nad oedd rhieni Seimon wedi byw yn Bodlas erioed chwaith. Nad oedd ei fam o'n chwit-chwat, yn wên i gyd pan oedd hi eisio rhywbeth ond yn troi'i chefn pan fydd rhywun pwysicach o gwmpas.

Ond meddai Taid: 'Mae'n rhaid inni fyw efo'n cymdogion. Wyddoch chi ddim pryd bydd yn dda inni eu cael nhw.'

Ochneidiodd Nain.

'Chdi sy'n iawn, mae'n siŵr,' meddai hi. 'Does wybod pryd fydd rhywun angen help i dynnu car o ffos ar eira neu wedi cael pynctiar mewn lle pell o bobman fel fan'ma.'

'Os na fedrwn ni gyd-dynnu,' meddai Taid, 'does obaith i wledydd beidio ymladd.'

'Doeth iawn,' meddai Nain, yn bethma braidd.

∞

Trodd Sei ei gefn ar Kathryn wedi iddi frolio ynghylch y ferlen. Rhythodd drwy'r ffenest fel petai erioed wedi gweld tyfiant ochr y ffordd o'r blaen.

'Eira Wen ydi ei henw hi!'

'Welaist ti eira du rywdro?' meddai Sei dan ei wynt.

'Ei mwng hi fel sidan,' broliodd. 'Ei chynffon fel baner tu ôl iddi pan fydd hi'n carlamu. Roedd hi'n ddrud *ofnadwy.*'

Does gen i fawr i'w ddweud wrth geffylau. Dim byd yn eu herbyn nhw ond nad ydyn nhw o fawr o ddiddordeb i mi. Rhyw hanner gwrando oeddwn i gan feddwl:

''Sgwn i pryd fydd ei llofft hi'n newid?'

Pan ddaeth hi yno gyntaf roedd popeth yn binc. Wedyn am sbel, roedd y lle'n llawn lluniau balerinas yn troi fel top, ddigon â chodi bendro arna i – nes i Kathryn laru ar fynd i wersi bale. Yna addurnwyd yr ystafell fel palas tywysoges o wlad Disney. Toc, roedd nodau dros y nenfwd a lluniau offerynnau cerdd ar y waliau. Mae'n debyg mai ebolion yn prancio a cheffylau'n neidio dros rwystrau fydd yno nesa – os nad ydyn nhw yno'n barod.

'Dad wedi prynu'r ferlen i mi gan Sophie Stabla.'

Trodd Sei ei ben i edrych arna i. Gwrandewais yn fwy astud.

'Yr orau un oedd ganddi a'i cheffylau hi mor enwog. Wedi ennill *miloedd* o wobrau. Wedi costio ffortiwn i Dad. Anrheg i mi am mai fi ydi ei hogan orau o!'

'Yr unig un sy ganddo,' meddai Sei.

'Ac mae Dad wedi prynu cyfrwy a ffrwyn newydd sbon imi hefyd. Cyfrwywr wedi dod yr holl ffordd o Loegr i fesur y ferlen. Dim ond y gorau imi am mai fi ydi cannwyll ei lygad.'

Tu cefn iddi rhoddodd Sei ddau fys yn ei geg a gwneud stumiau fel petai'n cyfogi.

Gwnes siâp ceg arno: 'Paid! Ti'n codi pwys go-iawn arna i!'

'Fydda i'n ennill ym mhob sioe,' broliodd Kathryn. 'Dwi'n mynd i gael gwersi arbennig.'

'Gan Sophie?' gofynnais, yn gwybod fod Sei yn sbio arna i o hyd.

'Wrth gwrs. Hi ydi'r athrawes reidio orau sydd ar gael.'

'O!' meddwn i.

'Dwi'n haeddu'r gorau am mai fi ydi tywysoges fach Dad, meddai fo.'

'Ro'n i'n meddwl ei fod o i ffwrdd,' meddai Seimon.

'Eto,' meddwn i.

Ond cymerodd Kathryn arni nad oedd wedi clywed. Daliodd ati i ferwi am y ferlen. Unwaith y cyrhaeddon ni'r ysgol, allan â hi o'r tacsi heb gymaint â diolch i Twm. Fydd hi byth yn gwneud. Dangos sut mae hi'n cael ei magu, fel y byddai Nain wedi dweud. Anghofiodd am Sei a fi y munud hwnnw. Safodd y ddau ohonon ni ar y buarth yn ei gwylio'n brolio wrth y lleill.

A dweud y gwir, fyddai gen i fawr i'w ddweud wrth

Kathryn petai Llys Gwynt ddim yn agos i Castella. Mae hi'n edrych fel petai menyn ddim yn toddi yn ei cheg hi a bydd popeth yn iawn am dipyn. Yna, mae'n sicr o ddweud rhywbeth neu wneud rhywbeth sy'n gwneud imi fod eisio mynd filltir oddi wrthi hi a pheidio â'i gweld hi am byth.

Fel yr adeg pan ddywedodd wrth Chelsea – wedi edrych o'i chwmpas i ofalu fod pawb yn clywed:

'Helô, Bynsen!'

Ar ei hwyneb roedd hen wên hurt, yn ei gweld ei hun yn glyfar.

Am eiliad, bu tawelwch. Dyna lle roedden ni i gyd yn edrych ar ein gilydd a'n cegau ar agor, Chelsea yn fwy na neb. Ond hi oedd y gyntaf i ddod ati'i hun. Drwy lwc, dydi hi ddim yn beth fach ddiniwed. Meddai hi, yn siarad yr un mor glên:

'Ia! Tydw i'n lwcus . . . fod rhywbeth mor fendigedig o flasus a melys wedi cael ei alw ar f'ôl i?'

Diflannodd y wên oddi ar wyneb Kathryn y munud hwnnw. Yn ei lle daeth golwg ddryslyd a chyn iddi fedru cymryd ei gwynt, meddai rhywun:

'A does neb arall wedi cael tîm pêl-droed wedi ei enwi ar ei hôl.'

'A'r fath dîm!' ychwanegodd rhywun arall.

'Da iawn chdi, Chels!' medden ni ar draws ein gilydd.

Rhoddodd hynny bigiad yn swigen Kathryn. O, do. Thriodd hi ddim byd fel yna wedyn. Feiddiodd hi ddim.

Ond hi ydi'r unig hogan sy'n byw o fewn cyrraedd i mi. Llys Gwynt ydi'r unig le heblaw Bodlas y medra i fynd yno ar fy mhen fy hun heb i Taid neu Nain orfod fy nôl a'm danfon.

Ac mae ei phartïon pen-blwydd hi'n anhygoel! Y tro diwethaf roedd therapydd harddwch yno i drin ein gwalltiau a'n hewinedd, ac i roi colur inni. Ges i bowdr sglein yn fy ngwallt a'i sythu a pheintio blodau bob lliw ar f'ewinedd a cholur gwefus blas hufen-iâ cyn dawnsio a chanu efo peiriant carioci.

Bu bron i Nain gael ffit pan welodd sut olwg oedd arna i pan es adref.

'Ddysgon ni sut i beidio plastro colur,' meddwn i.

'Hy!' wfftiodd Nain.

'Dim ond tipyn bach o sbort ydi o,' meddwn i, yn ceisio'i darbwyllo. 'I mi, beth bynnag.'

'Wyt ti'n siŵr?'

'YDW! Hogan stori ydw i nid hogan colur! Dwyt ti 'rioed yn meddwl 'mod i'n mynd i ddechrau gwario f'arian poced ar golur, nac wyt?'

Yna, i wneud yn berffaith siŵr ei bod hi'n sylweddoli 'mod i o ddifri, gofynnais i Taid: 'Wnei di roi silff arall yn y llofft imi? Does gen i ddim digon o le i fy llyfrau.'

'Wn i ddim sut mae 'na lyfrau ar ôl yn siopau elusen y dre, wir!' cwynodd yntau.

'Bargeinion mawr i'w cael yno, Taid,' meddwn i.

Chwynodd Nain ddim o gwbl 'mod i'n llenwi'r lle efo llyfrau i hel llwch, fel bydd hi'n arfer gwneud. Wnaeth hi ddim crefu arna i i fynd â'r rhai rydw i wedi eu darllen yn ôl chwaith. Wfftiodd fod gan rai pobl fwy o bres nag o sens, yn ceisio tawelu'u cydwybod drwy luchio anrhegion i'r eneth am eu bod yn gweithio oriau hir a byth bron adref. Ond mae'n brafiach bod yn ffrindiau efo Kathryn na pheidio bod neu fyddai gen i neb i chwarae efo fi pan fydd Sei ddim ar gael.

'Bydd raid iti fynd, 'sti,' meddai.

'I weld y ferlen?'

'Ia. Neu chei di ddim llonydd.'

'I roi taw ar ei cheg hi?'

'Ia.'

'Ty'd efo fi.'

'Petha gwell i'w gneud.'

Ddywedodd o ddim byd am dipyn.

'Be ydi o?' gofynnodd yn sydyn.

'Be ydi be?'

'Dy beth gorau un-un di?'

Mae peth gorau un Kathryn yn newid bob lleuad, bron, ond dydi fy un i ddim – byth.

'Stori!' atebais fel bwled o wn.

Syllodd arnaf yn feddylgar iawn.

'Stori smal neu stori wir?' gofynnodd o'r diwedd.

Atebais i ddim am funud – yn cofio Taid yn chwerthin ac yn dweud:

'Stori dda sy'n bwysig. Dim ots ydi hi'n wir ai peidio!'

Cytunai Nain. Ond waeth gen i beth mae'r un o'r ddau yn ei ddweud. *Mae* ots gen i.

'Eisio dweud y g*wir*.'

Dyna oeddwn i'n ddadlau pan oeddwn i'n fach. O hyd ac o hyd. Fel tiwn gron, medden nhw. Pan sylweddolon nhw 'mod i'n mwmian canu *Dacw-Mam-yn-dŵad-ar-draws-cae-bach-tu-draw-moron-yn-ei-phoced-a-phenffrwyn-yn-ei-llaw*, geision nhw mherswadio i ddweud y geiriau iawn. Ond methu wnaethon nhw. Doedd ganddyn nhw ddim coes i sefyll arni gan mai nhw oedd wedi pwysleisio mor bwysig oedd dweud y gwir wrth geisio 'nghael i beidio'u rhaffu nhw mor aml.

Yn yr ysgol feithrin canai'r plant bach eraill yn ufudd am Dadi'n mynd i'r ffair i brynu buwch i fwyta gwair. A dyna rhywun yn achwyn fod Gain Castella yn canu *Dacw-Dadi'n-mynd-i'r-armi-i-brynu-gwn-i-ladd-y-Tali* a neb yn deall pam cyn i Nain egluro mai dim ond dweud y gwir oeddwn i, mwy neu lai, chwarae teg.

'Stori wir,' atebais Seimon. 'Rheini roedd Dad yn eu clywed pan oedd o'n hogyn bach.'

'O,' meddai Sei, a throi draw i fynd at yr hogiau.

Doedd hynny'n ddim syndod. Felly bydd pobl pan ddigwyddaf sôn am Dad – yn teimlo'n annifyr, golwg chwithig arnyn nhw, yn edrych ar eu traed yn lle edrych arna i fel petaen nhw ddim yn gwybod ble i roi eu hunain, ac yn troi'r stori y munud hwnnw.

∞

Estynnais daclau sgwennu. Yn araf ac yn bryderus braidd gosodais nhw ar y ddesg o'm blaen. Roedd pawb i fod i ddewis gwaith ar thema'r tymor. Doedd gen i ddim clem beth wnawn i.

'Dim problem!' meddai Seimon wrth fynd heibio imi i nôl ei bethau.

'Nac oes?'

'Graffiau,' meddai'n wên i gyd. 'I ddangos sut mae pawb yn teithio i'r ysgol.'

'Pam?'

'Gweld faint sy'n cerdded, yn dod ar fws, ar gefn beic, mewn car neu dacsi.'

'Ond i be?'

'Dadansoddi'r ystadegau, siŵr! Oes yna wahaniaeth rhwng plant bach a phlant mawr? Ydi pawb yn mynd adref yn yr un ffordd ag maen nhw'n dod? Pob math o bosibiliadau!'

'Nid i mi,' meddwn wrthyf fy hun.

Syllais arno am funud bach, yn dychmygu 'mod i'n gweld yn syth i mewn i'w ben a fanno wedi'i stwffio'n llawn dop o ffigyrau fel trysorau mewn ogof lladron. Teimlais swigod o chwerthin yn codi ac yn byrlymu tu mewn imi, yn ei weld fel jyglwr lliwgar mewn dillad clown. Lluchio rhifau o'r naill law i'r llall. Procio ambell un â'i benelin. Gwneud iddyn nhw ddawnsio a ffurfio patrymau o'i gwmpas, yn sboncio ar ei sodlau ac yn bownsio ar ei ben. Yntau'n eu cadw'n ufudd i wneud beth bynnag roedd o am iddyn nhw'i wneud. Mathemateg ydi ei hoff bwnc.

Ond, fel bydd Taid yn dweud, dydi pawb ddim yn gwirioni'r un fath. A dydi'r trysorau yn fy mhen i ddim 'run fath â'i rai o.

'Dim help o gwbl,' cwynais.

Chlywodd o ddim. Wedi cydio mewn clipfwrdd a beiro, cythrodd o'r dosbarth.

'Gwaith ymchwil,' eglurodd dros ei ysgwydd. 'Holi sut mae pawb ym mhob dosbarth yn dod i'r ysgol.'

'Be wyt ti'n mynd i'w 'neud?' holodd Kathryn yn fusnes i gyd wrth fy mhenelin.

Edrychais arni'n feddylgar iawn. Dechreuodd cnonyn bach o syniad wingo yng nghefn fy meddwl.

'Byddai'n rhaid i ti a fi a Sei gerdded yr holl ffordd i'r ysgol yma erstalwm,' meddwn yn araf, a'r syniad wedi tyfu'n sydyn. 'A ti'n gwybod be?'

'Be?'

'Fydd dim rhaid i mi 'neud gwaith ymchwil o gwbl.'

'O?'

'Mae popeth dwi ei angen yn fy mhen yn barod.'

Edrychodd arna i'n syn iawn.

Wedi meddwl am ychydig, dechreuais ysgrifennu:

Lowri a Shwan oedd eu henwau nhw. Lowri Llain Ffynnon a Shwan Glan Gors. Y ddwy yn cerdded efo'i gilydd yn ôl ac ymlaen drwy bob tywydd yr holl ffordd i'r ysgol. Nhw'u dwy oedd yr

ieuengaf o lond tŷ o blant a'u brodyr
a'u chwiorydd wedi tyfu'n rhy fawr i
fynd i'r ysgol. Doedd dim plant eraill yn
byw yn ymyl felly roedd yn rhaid iddyn
nhw fod yn ffrindiau er eu bod yn
tynnu'n groes yn aml.

Roedd tŷ Llain Ffynnon yn agos i'r
lôn fawr a doedd dim rhaid i Lowri
wneud dim byd ond rhedeg i lawr y pwt
ffordd drol o'r tŷ at y giât i gyfarfod
Shwan. Ond oherwydd fod tŷ Glan Gors
yn bellach o'r ffordd, roedd gan Shwan
fwy o waith cerdded.

Yn yr haf, byddai'n mynd ar hyd y
llwybr ar draws cae cefn y tŷ a thros
y gamfa i gyfarfod Lowri. Gwisgai ei
chlocsiau, gan gario'i hesgidiau uchel
yn ei llaw rhag i wlith trwm y bore
ddifetha'r lledr. Cuddiai'r clocsiau
wrth giât Llain Ffynnon wedi iddi

newid i'w hesgidiau a brysio i gau'r rhes botymau ar hyd yr ochrau. Yn aml rhedai â'i gwynt yn ei dwrn - yn hwyr am fod cymaint i'w wneud cyn cychwyn i'r ysgol.

Nôl siwrnai neu ddwy o ddŵr o'r afon i'w mam sgwrio'r llawr llechi, golchi dillad a thrin menyn. Gollwng yr hwyaid o'r cwt a gwylio'r cywion yn ffit-ffatian ar ôl eu mam i lawr i'r afon gan ddotio atynt yn dowcio, yn dal ei gwynt wrth weld eu pennau'n diflannu o dan y dŵr, eu cynffon bwt yn yr awyr. Clustfeinio - gwrando. Oedden nhw'n cwac-cwac-cwacian i lawr yn fanno? Synfyfyrio - oedd eu pennau bach nhw'n brifo wedi bod yno am hir? Yn brifo fel ei phen hi pan fyddai Mam wedi tynnu ei gwallt hir, crych du-loywddu yn ddiamynedd wrth

frysio i'w blethu'n chwyrn am ei bod
wedi gwastraffu amser yn sefyllian.

Doedd dim cywion hwyaid i'w gwneud
hi'n hwyr yn y gaeaf. Ond roedd yn rhy
wlyb iddi fynd ar hyd y llwybr. Roedd yn
rhaid mynd ar hyd y ffordd. Yn y cae
bach ar y tro roedd carafán y sipsiwn.

'Faint o'r gloch, del?' galwai'r wraig
o ddrws y garafán, y modrwyau aur,
mawr yn siglo yn ei chlustiau, plant
mân troednoeth, bron iawn yn dinoeth,
efo'u trwynau'n rhedeg yn llechu tu
cefn i'w sgert laes, fflamgoch a babi'n
crio ar ei braich.

Ond wyddai Shwan ddim a rhedai yn
ei blaen gan ysgwyd ei phen am fod
arni ychydig bach o ofn. Clywsai ddweud
fod sipsiwn yn dwyn plant. Doedd hi
ddim yn meddwl y byddai eu sipsiwn
nhw'n gwneud hynny gan fod ganddyn

nhw ddigon yn barod – yn cael eu gadael eu hunain yn y garafán tra byddai eu rhieni allan yn gwerthu pegiau ac yn dweud ffortiwn.

Roedden nhw mor wahanol. Eu ceffylau hyd yn oed. Yn ddim byd tebyg i Capten, eu ceffyl nhw. Ceffyl gwedd mawr, du a seren wen ar ei dalcen oedd Capten. Ond ceffylau lliw oedd rhai'r sipsiwn. Rhai brown a gwyn, neu ddu a gwyn ac yn ddigon esgyrniog, nes ei bod yn bosib cyfri eu hasennau, ac yn crafu'r borfa ar ochr y ffordd.

Yr holl liwiau! Carafán goch a glas a'r ffenestri'n felyn, y lliwiau'n dawnsio drosti ac yn sgleinio'n llachar yn haul y bore. Sosbenni a chelfi yn hongian oddi tani a'r cŵn yn swatio yn eu canol. Milgwn llwglyd, a'u canol mor fain â'r weiren oedd gan Jôs Siop yn torri darn o'r cosyn caws ar y cownter. Parau o lygaid melynion yn gwylio-gwylio-gwylio.

Cŵn eraill hefyd. Pob lliw a llun. Rhai bychan, yn rhedeg a chyfarth, yn neidio ac yn sgrialu a Shwan yn craffu rhag ofn fod Neli, gast fach Dic Jôs fyddai'n dod i ladd tyrchod, yno. Neli fach ffeind. Ei thafod bach pinc yn llyfu dwylo Shwan drostynt. Ond roedd Dic Jôs yn rhy hoff o'i beint ac yn aml, doedd ganddo ddim arian i dalu amdano. Felly, byddai'n gwerthu Neli. Ond bob tro byddai Neli'n dianc yn ôl ato a phopeth yn iawn. Nes iddo unwaith ei gwerthu i sipsiwn. Ddaeth hi ddim yn ôl y tro hwnnw. Welodd hi ddim golwg o Neli. Ella mai sipsiwn eraill oedd wedi ei phrynu hi, nid eu sipsiwn nhw.

Lowri yn aros amdani a'r ddwy'n rhedeg bron yr holl ffordd i'r ysgol nes fod pigyn yn eu hochrau rhag cael cansen gan Sgilffyn Main, y sgŵl, am fod yn hwyr. Roedden nhw ei ofn drwy waed eu calonnau. Doedd dim gwerth ers iddo roi peltan hegar i fachgen mawr dim ond am weiddi:

'Wela i fferm Glasgoed!'

Sgilffyn oedd wedi gadael i'r plant sefyll ar ben eu desgiau er mwyn gweld y mynyddoedd yn y pellter am ei fod yn sôn am fynyddoedd De Affrica lle roedd Rhyfel y Boer. Doedden nhw ddim yn cael dysgu am fynyddoedd Cymru a ffenestri'r ysgol yn rhy uchel i neb weld drwyddyn nhw – rhag i'r plant syllu allan yn lle canolbwyntio ar eu gwaith.

Miss Splendid oedd eu hathrawes nhw. Dyna fydden nhw'n ei galw hi am mai dyna fyddai hi'n ei ddweud pan fydden nhw wedi gwneud gwaith da.

Saesneg oedden nhw'n gorfod ei siarad yn yr ysgol. Doedd hi ddim yn gas fel arfer ac roedd yr hogiau'n cynnig cario'i basged ar y ffordd adref o'r ysgol. Ond unwaith gollyngwyd y fasged ar ddamwain. Syrthiodd clap mawr o lo allan a wyneb Miss Splendid yn troi'n fflamgoch wrth geisio'i guddio. Gwylltiodd yn gandryll a dweud y drefn yn hallt am eu bod mor flêr, meddai hi. Ond gwyddai pawb mai dig am iddi gael ei dal yn dwyn oedd hi yn y bôn. Roedd gan rai biti drosti. Gwraig ei thŷ lojin yn rhy grintachlyd i brynu digon o lo i gadw'i hystafell yn gynnes, medden nhw.

'Ond dwyn ydi dwyn,' meddai'r lleill a doedd ganddyn nhw fawr o barch ati wedyn.

Ar y ffordd adref yn y pnawn roedd amser i gerdded dow-dow, i stelcian

i chwarae rasys malwod gan ddweud:
Malwen, malwen gorniog, tyn dy gyrn
allan neu fe dafla i di i fôr mawr
Pwllheli!

Un pnawn poeth, eu traed yn brifo
a'u cotiau'n drwm, drwm yn eu breichiau,
a'r ffordd adref i'w gweld yn andros o
hir, stopiodd y ddwy a gwrando.

Clip-clop. Clip-clop. Clip-clop-clopian.
Clip-clop-clopian. Yn dod yn nes bob
munud o'r tu ôl iddyn nhw.

Daeth merlen a thrap rownd tro yn
y ffordd a phwy oedd yno ond Ewyrth
Dafadd a Darbi ar eu ffordd adref
wedi bod â gwlân o'r ffermydd i'r
ffatri.

'Lowri Llain Ffynnon a Shwan Glan
Gors,' meddai Ewyrth Dafadd, oedd
ddim yn perthyn yr un dafn o waed i
'run o'r ddwy ond yn ewyrth iddyn nhw

'run fath. 'Hoffech chi gael eich cario adref, genod bach?'

Dringodd y ddwy i fyny i'r trap yn falch gan fod eu traed yn brifo.

Clip-clop. Clip-clop. Clip-clop-clopian. Clip-clop-clopian.

Toc, pwysodd Shwan dros ochr y trap i wylio carnau'r ferlen yn symud yn ôl ac ymlaen yn gyflymach ac yn gyflymach. Yn fuan iawn doedd hi'n gweld dim ond eu lliw.

'Paid!' galwodd Ewyrth Dafadd. 'Syrthiais allan o drap wrth wylio carnau merlen unwaith.'

'A brifo?' holodd Lowri.

'Lwmp fel wy gŵydd ar fy mhen a gwaed yn llifo, cofia.'

'Hogyn bach oeddech chi?' gofynnodd Shwan, yn symud draw o ochr y trap.

'Tua dyflwydd medden nhw. Y cof

cyntaf sy gen i beth bynnag. 'Nhad yn deud mai fy mhen i oedd wedi gneud y twll yn y lôn yn fanno ac yn arafu i mi gael ei weld o wrth fynd heibio am hir wedyn,' chwarddodd.

Syllodd Shwan yn ddifrifol ar Ewyrth Dafadd yr holl ffordd at giât Llain Ffynnon. Roedd yn anodd dychmygu dyn mor hen yn hogyn bach. Yna neidiodd y ddwy yn frysiog o'r trap. Te cynnar, braf heddiw a hwythau ar lwgu fel arfer.

Lowri yn rhedeg at y giât, Shwan yn mynd efo hi i nôl ei chlocsiau cyn anelu at y gamfa yn y clawdd i fynd ar draws y cae i Glan Gors.

'Be ddwetsoch chi?' galwodd Ewyrth Dafadd.

Y ddwy yn stopio ac yn troi rownd.

'Be ddwetsoch chi?'

'Dim byd,' meddai Lowri yn syn.

= 34 =

'Dim byd o gwbl,' meddai Shwan, yn syn hefyd.

'Ond be ddyliech chi fod wedi'i ddeud?'

'Be?' meddai'r ddwy, ddim yn deall.

Ewyrth Dafadd yn dal i edrych.

'Be ydach chi wedi'i anghofio?' gofynnodd.

Gwridodd y ddwy at eu clustiau. Roedd ganddyn nhw gywilydd mawr. A hwythau wedi cael peidio cerdded yr holl ffordd drwy ganol y gwres llethol ar bnawn mor boeth.

'Diolch,' medden nhw efo'i gilydd. 'Diolch yn fawr iawn.'

'Croeso!' meddai Dewyrth Dafadd a rhoi sgytiad bach i'r awenau a Darbi yn mynd yn ei blaen. Clip-clop. Clip-clop. Clip-clop-clopian. Clip-clop-clopian.

Syllodd y ddwy ar y trap yn mynd o'r golwg heibio'r tro yn y ffordd.

'Arnat ti roedd y bai!' cyhuddodd Lowri.

'Nage wir! Ddylet ti fod wedi cofio!' dadleuodd Shwan.

Dechreuodd y ddwy ffraeo, yn rhoi'r bai ar y naill a'r llall, y ddwy'n gwybod eu bod ar fai ac ofn drwy waed eu calon i'r stori ddod i glustiau Dad a Mam. Byddai hen ddweud y drefn am godi cywilydd ar eu rhieni. Mynd i'r gwely heb swper neu'r wialen fedw, neu'r ddau, fyddai hi.

Cega a dadlau cyn i Shwan droi ei chefn ar Lowri, neidio dros y gamfa a rhedeg yr holl ffordd i lawr i'r tŷ at ei mam gan feichio crio.

'Bobol bach, be sy?' meddai honno, yn gwybod na feiddiai 'run o'r plant gwyno fod yr athrawes wedi dweud y drefn wrthynt yn yr ysgol rhag cael eu dwrdio wedyn gartref am fod yn blant drwg.

'Mam, Mam!' meddai Shwan, yn rhuthro i gydio'n dynn yn ei mam a'r dagrau'n llifo i lawr ei hwyneb. 'Mam! Mam, mae Lowri Llain Ffynnon yn deud 'mod i'n hen sguthan hyll!'

'Ydi hi wir?' meddai Mam, yn tynnu'i llaw dros ben Shwan fach.

'Ydi! Ydi mae hi! Ac wedi deud fod 'y ngwallt i fel cynffonnau llygod!'

'Do?' meddai Mam.

'Do! A dydi o ddim, nac ydi, Mam? Achos mae gen i blethi taclus neu gyrls corcyn wedi imi ddiodde 'mhen yn brifo efo'r clytiau ynddo fo drwy'r nos!'

'A be wnest ti iddi hi, Shwan fach?' gwenodd Mam.

'Fi, Mam? Wnes i ddim byd!'

'Dim byd o gwbl?'

Snwffiodd Shwan a dweud,

'Dim byd ond deud fod ganddi hi

ddannedd hwch a llygaid mochyn a bod
ei hen wallt hi fel nyth brain!'

'Shwan,' meddai Mam yn ddifrifol.

'Ia, Mam?'

'Taset ti wedi deud hynna wrtha i,
faswn i wedi tynnu pob blewyn o wallt
o dy gorun di!'

Edrychodd Shwan yn syn ar ei mam ...
a gweld fod ei llygaid hi'n chwerthin a
chysgod gwên ar ei gwefusau hi.

'Tecell yn peintio sosban yn ddu,'
meddai Mam.

'Ro'n i'n meddwl mai crochan oedd o!'
snwffiodd Shwan, yn sychu'i dagrau â
chefn ei llaw.

''Run peth mae o'n feddwl,' meddai
Mam. 'A chwech o un a hanner dwsin
o'r llall fel arfer ydi hi efo chi'ch dwy.'

Ar hynny, clywyd llais Dad yn galw'n
llawn cyffro mawr:

'Brysiwch! Dowch allan! Y munud 'ma!'
Rhuthrodd y ddwy at y drws.

Drwy sofrenni melyn eithin y gors a
thros garped glas bwtsias y gog, heibio
i'r briallu fel sêr wedi syrthio yn sawdl
y cloddiau, rhuthrai rhyfeddod. Safodd
y tri yn gegrwth. Cydiodd Shwan yn
dynn ym mrat ei mam, ei bawd bron
â chyrraedd ei cheg fel petai'n eneth
fach, fach.

'Be ydi o?' sibrydodd.

'Dwi'm yn siŵr,' meddai ei mam yn
araf, yn syllu'n gegrwth ar y ffurf
browngoch yn llamu dros y gors yn
chwim – mor ofnadwy o chwim, fel
cysgod, ei goesau meinion prin yn
cyffwrdd y tyfiant.

'Ei ben o,' sisialodd. 'Edrychwch ar ei
ben o! Pwysau'r cyrn anferthol yna'n ei
hyrddio ymlaen!'

'Y creadur bach,' meddai Dad. 'Fedar o ddim aros hyd yn oed petai eisio. O ble yn y byd y daeth o?'

Dros y clawdd terfyn o gors Llys Gwynt. Fel corwynt drwy'r cae o flaen tŷ Glan Gors. Dros y clawdd i weirglodd Castella fel petai hwnnw ddim yno.

Yna, roedd wedi mynd. Doedd dim ond lle gwag ar ei ôl. A dim i ddangos iddo fod yno erioed. Safodd y tri fel delwau, wedi eu lledrithio'n llwyr, cyn troi i'r tŷ a neb yn dweud yr un gair am dipyn, fel petaen nhw'n ceisio dal eu gafael ar yr hud.

O dipyn i beth aeth Dad i nôl y fuwch o ben draw'r gors i'w godro ac aeth Mam i'r tŷ i hulio'r bwrdd i de. Wedi newid o'i dillad ysgol a gwisgo'i chlocsiau yn lle ei hesgidau, cydiodd Shwan mewn ffon. Oni bai ei bod hi'n

nôl yr hwyaid adref wedi iddyn nhw
grwydro i lawr yr afon efo'r dŵr,
ddeuen nhw byth yn ôl; dim ond swatio
fel roedd hi'n nosi yn y brwgaitsh ar y
lan yn fwyd i lwynog.

Yn ei gwely'r noson honno, criai
Shwan fach o dan y dillad. Crio am
fod yr anifail hardd, hardd wedi diflannu
mor sydyn a hithau eisio iddo aros
yno am byth efo nhw yng Nglan Gors.
Gadawodd Mam y gannwyll yn olau ar y
bwrdd wrth erchwyn y gwely yn gysur
iddi. Yn y cysgodion a daflai'r fflam ar
y pared dychmygai weld llam y carw
drachefn ac o dipyn i beth tawelodd
y crio.

Dyna oedd o. Mae'n rhaid. Doedd
neb wedi gweld un yn y ardal o'r blaen.
A beth arall, meddai ei thad, allai
o fod?

O dipyn i beth clywyd hanes fod rhywbeth wedi ei ddychryn mewn parc yn un o blastai mawr Clwyd. Yn ei ofn roedd wedi rhusio ac wedi dianc gan garlamu yn ei hyll dros bob rhwystr yr holl ffordd, medden nhw. Pwysau'i gyrn anferthol wedi ei hyrddio yn ei grynswth ar ei ben dros ddibyn i lawr clogwyn ym Mhenrhyn Llŷn, yn ôl y stori. Torrwyd ei gorff druan yn dipiau ar ddannedd y creigiau. Suddodd a boddi ym merw'r môr. Dyna oedd y sôn yn y dafarn a'r farchand.

Doedd Shwan ddim eisio meddwl am hynny a gwasgodd ei dwylo dros ei chlustiau rhag clywed rhagor. Ond hi oedd yr unig un yn yr ysgol oedd wedi gweld y carw a bu'n rhaid iddi ddweud yr hanes dro ar ôl tro amser chwarae ar y buarth. Hi, nid Lowri Llain

Ffynnon, oedd wedi ei weld. Ar y pryd doedd hynny'n plesio fawr ar Lowri, ond erbyn iddyn nhw dyfu'n fawr doedd 'run o'r ddwy yn cofio hynny.

Anghofiodd Shwan byth ryfeddod y carw coch yn llamu dros y gors dafliad carreg oddi wrthi.

'Gwaith gwerth chweil, Gain,' meddai'r athrawes wedi iddi ei ddarllen i'r dosbarth. 'Diddorol iawn. Hanesion gwir, wrth gwrs?'

'Shwan yn hen wraig pan oedd Nain yn eneth fach,' eglurais.

'Sut oeddet ti'n gwybod hynna i gyd?' holodd Kathryn yn bigog.

'Gwrando,' meddwn i. 'Dim byd ond gwrando.'

Edrychodd yn syn iawn arna i.

'Un o fan'ma ydw i,' eglurais.

Doedd hi ddim yn deall wedyn chwaith.

'Roedd mor hawdd â chanu "Mi welais Jac y Do"!'

broliais, dim ond i'w phryfocio. Ond yn sydyn cefais lond bol arni'n holi.

'Emyr Castella oedd Dad, ti'n gweld,' meddwn i, yn meddwl y byddai hynny'n ddigon iddi hithau gau'i cheg.

Ac fe wnaeth o hefyd . . . am dipyn. Ond Kathryn Llys Gwynt ydi hi ac roedd yn rhaid iddi gael rhoi pigiad yn fy swigen. Arhosodd tan amser mynd adref, y tacsi wedi troi yng nghroesffordd Rhos a simneiau Castella i'w gweld uwch y coed cyn dweud:

'Does gen ti ddim tad na mam.'

'Nac oes?' gofynnais, yn gwybod fod Seimon yn dyfalu tybed beth ddywedwn i.

Symudodd arlliw sydyn o ansicrwydd ar draws ei hwyneb. Dim ond rhyw rithyn bach o gysgod. Fel petai rhywbeth yn nhinc fy llais wedi siglo tipyn ar ei sail a gwneud iddi simsanu'r mymryn lleiaf un. Dim ond am eiliad y bu yno. Cofiodd yn syth ei bod hi'n gannwyll llygad ei thad, ei hogan orau a'i dywysoges fach a'i bod hi, wrth gwrs, bob amser yn iawn. Diflannodd pob amheuaeth.

'Nac oes,' atebodd yn bendant, heb betruso o gwbl, 'dyna pam rwyt ti'n gorfod byw efo dy daid a dy nain.'

Roedd ar flaen fy nhafod i ddweud yn bigog: '*Cael* byw efo Taid a Nain ydw i, deall di!'

Ond wnes i ddim. Roedd yn ormod o drafferth a welwn i ddim ei fod o ddim o'i busnes hi.

'Deud ti,' meddwn yn y diwedd.

Clywais Sei yn mygu pwl o chwerthin fel roeddwn yn neidio o'r tacsi gan roi clep ar y drws.

Gee ceffyl bach yn cario ni'n dau
Dros y mynydd i hela cnau;
Dŵr yn yr afon a'r cerrig yn slic,
Cwympo ni'n dau – wel dyna i chi dric!

2. Wel dyna i chi dric!

'Fûm i ddim yn Llys Gwynt ers blynyddoedd,' meddai
Taid pan glywodd fy mod am fynd i weld y ferlen er
mwyn cadw'r ddysgl yn wastad. 'Waeth i mi ddod efo
ti ddim.'

'Eisio busnesu wyt ti!' mynnodd Nain.

'Diolch, Taid,' meddwn i. Yn gyfrwys, ychwanegais:
'Fydd dim rhaid imi ofyn i Kathryn am fenthyg ei ffôn
hi i ffonio i ti gael gwybod 'mod i wedi cyrraedd yn saff
felly, Nain.'

'Ydi hynny'n broblem?' holodd Taid, yn rhoi winc slei
arna i.

'Wel . . .' meddwn, yn gwneud ati i swnio'n boenus.
'Nac ydi. Ddim yn hollol, ond 'mod i'n teimlo'n annifyr.'

'Wyddost ti ddim pwy sy'n crwydro ar hyd y llwybr
y dyddiau yma,' mynnodd Nain. 'Fedra i ddim bod yn

dawel fy meddwl yn dy gylch di nes bydda i'n gwybod iti gyrraedd yn saff.'

'Dwi'n deall hynny. Ond mae Kathryn yn meddwl na fedrwch chi ddim fforddio prynu ffôn i mi. Ein bod ni'n rhy dlawd.'

'Fedrwn ni fforddio pob dim sy'n lles iti,' meddai Nain yn chwyrn.

'Dwi'n meddwl y byddai ffôn yn lles imi,' meddwn y munud hwnnw.

'A 'sgwn i faint o les iti fyddai tatŵ?'

Fedrwn i ddim ateb.

'Llawer ffordd o gael Wil i'w wely!' sibrydodd Taid, yn codi'i fawd arna i tu ôl i'w chefn. Croesais innau fy mysedd.

'Waeth imi ddod efo chi ddim,' meddai Nain yn sydyn.

'Pwy sy eisio busnesu rŵan?' gofynnodd Taid yn slei.

'Ti'n llygad dy le!' cyfaddefodd Nain. 'Dowch 'laen!'

'Be ydi enw'r hogan 'ma hefyd?' holodd Taid wrth i ni gyrraedd yno.

'Kathryn Louise Kemp-Bennington.'

'Andros o waith sgwennu'i henw gan y beth fach!'

'Taw wir!' meddai Nain, fel roedd mam Kathryn yn dod at y car i'n croesawu. Gan fod Kathryn yn cael gwers farchogaeth ar gefn y ferlen yn yr ysgol ymarfer aeth â ni i weld y tŷ a'r hen feudái wedi eu haddasu'n weithdai crefft a Taid a Nain yn rhyfeddu gweld y lle wedi newid gymaint.

Daeth car swanc, pinc yn flodau drosto at y tŷ. Cofiais yn syth mai dyma'r ddynes oedd yn ein coluro yn y parti. Meddai mam Kathryn, 'Mae'n ddrwg gen i. Mae'n rhaid i mi eich gadael chi a mynd i'r tŷ. Mae fy therapydd harddwch wedi cyrraedd.'

'Popeth yn iawn,' meddai Nain. 'Cael trin eich gwallt ydach chi?'

'A'm hewinedd. Tylino fy nhraed hefyd. Mae hi'n dod bob chwech wythnos. Cyn i Kathryn gael ei geni fyddwn i'n cael peintio f'ewinedd yn binc ac yn las bob yn ail am na wyddwn i ddim ai hogyn neu hogan oeddwn i'n ei gael!' chwarddodd.

'O!' meddai Nain, yn amlwg wedi rhyfeddu o glywed y fath beth.

'Mae'n bwysig imi edrych fy ngorau. Fyddai neb

eisio imi gynllunio'u cartrefi nhw petawn i'n edrych yn flêr.'

'Rydach chi'n brysur, felly?' gofynnodd Nain. 'Y dirwasgiad yma ddim wedi effeithio arnoch chi?'

'Digon o waith wrth gefn, diolch am hynny. Felly dwi'n medru rhoi popeth mae Kathryn ei eisio iddi.'

'Braf arni,' meddwn wrthyf fy hun, yn meddwl am y drafferth oeddwn i'n ei gael i gael ffôn, yn gobeithio fod Nain yn gwrando'n astud. Clywais hi'n gofyn yn syn,

'Ydi hi'n cael popeth mae hi eisio?'

'Naw gwaith allan o ddeg. Dydw i ddim yn ei difetha hi. Rhoi cyfle iddi ydw i. Mae'n cael dewis ei dillad ei hun. Gaiff hi wisgo beth bynnag mae hi eisio cyn belled â'i fod yn addas. Mae hi'n ysu am gael modrwy yn ei botwm bol, wrth gwrs.'

Ddim yn ei difetha hi wir!

Gwyddwn mai dyna oedd Nain yn ei feddwl. Ond holodd, 'Tatŵ?' gan ofalu peidio edrych arna i.

'Dydi ei thad ddim yn hoffi iddi beintio'i hewinedd na gwisgo colur,' meddai hi, yn osgoi ateb. 'Dim eisio i'w eneth fach dyfu i fyny mae o. Dim ots gen i, cyn belled â'i bod hi'n ei olchi i ffwrdd cyn mynd i'r ysgol ar fore Llun.'

Gwyliais Kathryn yn marchogaeth, gan bendroni tybed fyddai hi'n dal eisio coluro wedi iddi gael diddordeb arall? Sut barti fyddai yna'r tro nesaf? Gorffennodd y wers. Codais fy llaw ar Sophie Stabla yn mynd draw at fam Kathryn.

'Rwyt *ti'n* 'nabod Sophie?' meddai Kathryn, yn edrych i lawr arna i oddi ar gefn y ferlen ac yn swnio fel petai gan neb ond hi hawl i'w hadnabod. Cododd fy ngwrychyn yn syth nes imi gofio: calla dyn pan dawo. Edrychais ar Nain, yn gobeithio ei bod hi'n sylweddoli nad ydw i ddim bob amser mor hurt ag y mae hi'n meddwl ydw i.

'Pawb ffor'ma yn ei 'nabod hi,' atebais yn ddidaro.

Edrychodd Taid arna i'n ddigon od. Mwythodd y ferlen gan ei hedmygu hi.

'Braf gweld ceffyl yn Llys unwaith eto,' meddai. 'Y tro cyntaf ers . . .'

'. . . pan oedd Robin yn byw yma,' gorffennais.

'Ia,' meddai Taid, yn tynnu fy sylw at y siapiau crwn fel

darnau dwy geiniog ar wddw'r ferlen wrth roi mwythau iddi. 'Yn f'atgoffa i . . .'

'. . . fod gan Dei geffyl go-iawn adref, myn diawl!' meddwn i, yn symud.

'Rwyt ti *yn* cofio'r stori!'

'Ydw siŵr!' meddwn i, a'm meddwl yn gwibio'n ôl. 'A sut y clywais hi hefyd.'

Yn fy mhen gwelais gyntedd yr ysgol . . .

Yno mae hen geffyl pren, ei fwng yntau fel sidan a'i gynffon yn hir, yr un siapiau ceiniog dros ei gorff. Cafwyd hyd iddo wrth glirio rhyw hen gwt. Bron iddo gael ei luchio i sgip gan ei fod yn sglyfaethus o fudr, heb fwng na chynffon na ffrwyn na chyfrwy chwaith. Ond sylweddolodd rhywun fod hen degan felly yn werthfawr ac fe'i hachubwyd a chafodd ei drwsio. Bellach mae fel newydd.

'Dwalad!' meddai Taid yn wên i gyd pan ddaeth i'r ysgol i weld fy ngwaith i, yn gwneud i bawb dewi a throi i edrych arno gan godi cywilydd arna i. Roedd y ceffyl pren newydd gyrraedd yn ôl.

'Be?' gofynnodd y prifathro, yn troi'i gefn ar bwy

bynnag roedd o wrthi'n siarad efo nhw ac yn brysio tuag atom.

'Cadwaladr,' eglurodd Taid, wedi gwirioni'n lân wrth ei weld. 'Ond Dwalad oedden ni'n ei alw fo.'

'Ydach chi . . . ydach chi'n ei gofio fo?' gofynnodd y prifathro, fel petai arno ofn gofyn braidd. 'Does neb yma'n gwybod ei hanes.'

Dechreuodd Taid fynd drwy'i bethau'r munud hwnnw, yn dweud fel bydden nhw, os oedden nhw wedi bod yn blant da, yn cael mynd arno fo: dau ar ei gefn, un ym mhob cadair fach ar bob pen a dau oddi tano. Achos mae o'n andros o geffyl pren mawr. Yn anghyffredin iawn, yn ôl y dyn drwsiodd o.

Erbyn hyn roedd yr athrawon a fflyd o bobl eraill wedi dod draw i wrando arno a phawb yn holi a stilio a thynnu llun Taid efo'r ceffyl i roi ei hanes yn y papur bro.

'Da o beth inni ei roi o yma yn y brif fynedfa i bawb gael ei weld o,' meddai'r prifathro fel roedd pawb yn gadael.

'I bawb gael ei weld o?' gofynnodd Taid.

'Wel . . . ia . . .'

Duodd wyneb Taid. Daliais fy ngwynt, yn gwybod sut mae o'n medru ffrwydro.

'Plant bach i fod i gael mynd arno fo,' meddai.

'Dim lle yn stafell y plant bach,' meddai'r prifathro.

'Ddylen nhw gael dod yma,' mynnodd Taid.

Ac yno mae o, a'r plant bach sydd wedi bod yn blant da yn dod yno i fynd arno a rhywbeth yn sibrwd 'Ceffyl Robin Llys,' yn fy nghlust i pan fyddaf yn mynd heibio, er nad oedd o ddim, a dweud y gwir.

Chymerodd Robin Llys Gwynt ddim at yr ysgol o gwbl pan aeth yno'r tro cyntaf. Pump oed oedd o ac roedd o wedi blino ar ôl cerdded yr holl ffordd efo hogiau Tŷ Pella a Huw Castella. Doedd o ddim awydd o gwbl sgwennu rhifau a llythrennau ar y darn llechen roddwyd iddo a doedd o ddim eisio eistedd yn llonydd ar gadair gron, galed. Roedd yn barod i fynd adref ymhell cyn amser cinio.

'Gei di fynd ar gefn Dwalad yn y pnawn,' addawodd Miss Jones yn glên. 'Mae'r plant bach i gyd wrth eu bodd ar gefn y ceffyl pren.'

A Robin yn dweud beth ddywedodd o gan ddychryn

Miss Jones a'r plant bach parchus eraill i gyd am ei fod yn galw Dei ar ei dad ac yn rhegi ar yr un gwynt.

Doedd gan Robin ddim pwt o ddiddordeb mewn darllen a sgwennu a gwneud syms a phethau fyddai'n digwydd yn yr ysgol.

'Pethau pwysicach i'w gneud,' fyddai'n ei ddweud gan chwarae triwant bob cyfle gâi o, wastad mewn helynt pan fyddai yno. Fel yr adeg y daeth ystlum i wibio o amgylch y dosbarth.

Dyna un peth oedd o ddiddordeb mawr i Robin. Doedd o erioed wedi gweld ystlum yn iawn. Eu gweld yn saethu o gwmpas Llys fel roedd hi'n tywyllu: ia. Gwelsai nhw ganwaith. Gwyliodd nhw'n gwibio'n ôl ac ymlaen i entrychion llofft y stabl lle roedd yn amhosib eu dilyn. Meddwl a meddwl, a byth yn gwybod sut i gael gafael ar un i'w archwilio'n iawn.

'Be ydi o? Be ydi o?' gwaeddodd y plant mewn braw pan ddaeth yr ystlum i'w dosbarth – y merched a'u dwylo dros eu pennau, ofn drwy waed eu calonnau iddo fynd i'w gwalltiau hirion.

Gwyddai Robin yn iawn beth oedd o. Gwibiodd ei

lygaid i'w ddilyn yn diflannu drwy'r twll yn y drws bach sgwâr yn y to uwchben drws y dosbarth.

Amser cinio a'r dosbarth yn wag. Llowcio'i ginio a sleifio'n ôl. Symud bwrdd. Cadair ar ei ben ac i fyny ag o. Ond erbyn iddo ddod i lawr efo ystlum yn ei ddwrn roedd rhywun wedi symud y bwrdd a'r gadair.

Lle gwag, gwag o dan ei draed . . . Doedd dim amdani ond neidio . . . a glanio ar ben y prifathro! Felly doedd dim gobaith osgoi'r gansen. Nid fod fawr o ots gan Robin . . .

'Taid!' meddwn i, yn sylwi ar y goeden afalau wrth ymyl y tŷ. 'Oedd honna yma pan oedd Robin yn byw yma?'

Ond doedd Taid ddim yn cofio oedd hi yno erstalwm. Syllais arni gan feddwl:

Sgwn i ai dyma'r goeden? – yr hydref hwnnw pan bwysai'r coed yn drwm o afalau, y brigau'n bendrwm dan glystyrau ohonynt yn hongian fel mwclis, yn felyn-felys-tynnu-dŵr-o-ddannedd, ac yn sgleinio'n goch rhwng y dail. Yr afalau y gallasai Robin fwyta hynny fynnai ohonynt.

Ond pa her oedd cymryd afal oddi ar y goeden yn ei gartref i hogyn fel Robin?

Yn Bodlas, tu cefn i'r wal garreg gysgodol, uchel, roedd llond perllan o afalau dim mymryn gwell na rhai Llys Gwynt ond yn sialens! Sleifiodd Robin, hogiau Tŷ Pella a Huw Castella o lech i lwyn dros y caeau a swatio yn y llwyni i wylio.

Byddigions oedd yn byw yn Bodlas bryd hynny. Pobl fawr. Pobl gyfoethog. Ond y bore braf hwnnw, doedd dim golwg o neb. Drws oedd yn mynd i mewn i'r ardd. Un drws: y ffordd i mewn a'r ffordd allan. A'r drws yn y wal ar agor.

I mewn â nhw ac i ben y coed mewn chwinciad. Pawb yn cadw llygad ar y drws ac yn pocedu afalau fel fflamia.

Rhywun yn dod! Sôn am sgrialu. Neidio i lawr o'r coed a rhedeg i guddio. Pawb ond Robin. Robin – y mwyaf mentrus. Robin oedd wedi dringo'n uwch na neb. Methodd ddod i lawr mewn pryd.

Daeth ledi Bodlas i'r ardd i gael paned o de a darllen y papur newydd. Yn dynn ar sodlau'r ledi yn ei gwisg laes, grand, yn ffriliau ac yn rhubanau i gyd, roedd y forwyn.

Cariai fwrdd bychan. Gwyliodd Robin hi'n gosod y bwrdd yn ei le. Wedi i'r ledi setlo efo'r papur newydd, meddyliodd y medrai sleifio oddi yno . . .

'O dan y goeden afalau yna, i gael cysgod rhag gwres yr haul,' gorchmynnodd y ledi.

Syllodd Robin i lawr yn syth ar y bwrdd. Taenwyd lliain drosto. Sgleiniai'r haul ar wydryn crisial. Clywodd Robin dincian y rhew wrth i'r diod lemwn gael ei arllwys. Teimlai ei gorn gwddw yn sobor o sych.

PSST! Ar y dde.

PSST! Ar y chwith.

Yr hogiau eraill ar ben y wal, yn tynnu stumiau arno, yn chwerthin am ei ben ac yn pryderu. Beth ddigwyddai petai'n cael ei ddal?

Ond fedrai Robin wneud dim byd. Dim ond aros. Ac aros. Ac aros. Drwy'r bore hir, hir. Yr haul yn dawnsio. Awel dyner yn sisial drwy'r dail. Arogleuon hyfryd y blodau.

'Cinio allan yma, heddiw,' gorchmynnodd y ledi.

Daeth y forwyn â'r bwyd. Rhuai stumog Robin wrth i arogl y bwyd lifo i'w ffroenau a'r afalau coch blasus yr olwg yn galed fel haearn, heb aeddfedu digon i'w bwyta.

'Rhywbeth arall, mei ledi?' gofynnodd y forwyn.

Ailgydiodd y ledi yn ei phapur newydd a'r haul yn poethi mwy bob munud. Gwyliodd Robin y papur newydd yn suddo'n is ac yn is yn ei dwylo. Plygodd ei phen a syrthiodd ei het cantel llydan dros ei hwyneb. Cysgodd yn drwm, ei hanadl yn mynd yn ddyfnach ac yn ddyfnach. Dechreuodd chwyrnu'n braf.

Yn araf, yn ofalus iawn, ac yn ddistaw bach, bach, dringodd Robin i lawr y goeden a rhedeg adref ar lwgu.

Doedd wiw cyfaddef i'w fam ble roedd wedi bod. Ond roedd ei dad yn amau'n gryf iddo'i weld yn mynd yn slei i gyfeiriad Bodlas. Gwyddai yntau am y berllan.

'Pob hogyn gwerth ei halen yn mynd i ddwyn fala,' chwarddodd yng nghefn ei fam, a rhoi winc slei ar Robin.

Gwelais Sophie yn neidio i mewn i'w hen Land Rover fwdlyd, dolciog, ar frys fel arfer. Ceisiodd danio'r injan. Ond doedd hi'n gwneud dim ond tagu. Ail, trydydd, pedwerydd cynnig . . .

'Angen trin yr injan yna'n ddifrifol,' meddai Taid wrth fy mhenelin.

'Bechod, yntê, Taid?'

'Bechod?'

'Na fasa Dad yma.'

'Bechod mawr.'

'Fedrai o 'neud iddi fynd yn iawn, medrai Taid?'

'Mewn chwinciad!'

Taniodd y peiriant o'r diwedd ac meddai Taid, 'Gawson ni sioc o sylweddoli ei fod o'n medru trin peiriant.'

'Pam?'

'Wel, doedd o'n fawr o beth i gyd. Ieuengach nag wyt ti rŵan, beth bynnag. Yn holi pam roedd y peiriant torri gwair ar ganol y lawnt pan ddaeth o'r ysgol. "Wedi torri," meddai dy nain wrtho. "Pam?" gofynnodd. "Be wn i?" meddai hithau. A'r peth nesa welson ni oedd ei fod wedi'i dynnu'n ddarnau a ni'n dau o'n co'n las!'

'Pam?'

'Meddwl ei fod wedi'i ddifetha am byth.'

'Ond doedd o ddim?'

'Yn mynd fel newydd wedi iddo'i llnau a'i roi'n ôl wrth ei gilydd, cofia!'

Taniodd injan y Land Rover o'r diwedd. I ffwrdd â Sophie gan godi'i llaw arnon ni. Codais fawd arni. Chwifiodd Taid a Nain arni. Safodd Taid yn llonydd, yn edrych yn hir ar ei hôl.

'Roedd o mor dda ei law.'

Gwyddwn mai am Dad roedd o'n sôn.

Gadawsom Kathryn yn gofalu'n gydwybodol am y ferlen, yn gwneud yn union fel roedd Sophie wedi ei ddweud wrthi. Gwyliais hi, yn meddwl tybed am faint fyddai'r diddordeb yma'n para.

'Hwyl!' meddwn i. 'Wela i di fory!'

'Iawn!' meddai hithau. 'Hwyl!'

Es i'r car at Taid a Nain a dilyn y Land Rover o Llys Gwynt. Gwnâi golau cryf yr haul yn machlud gysgodion o foncyffion y coed o bobtu'r ffordd wrth i ni ddod i lawr yr allt at Bodlas. Yr un coed. A'r un cysgodion yn union ag erstalwm. Edrychais i fyny ar y canghennau, yn dychmygu eu gweld nhw yno . . .

Robin Llys, hogiau Tŷ Pella a Huw Castella yn cuddio ymysg y dail. Yn gwylio ac yn aros i'r dyn ddod adref.

Mae'r lle roedd o'n byw wedi mynd a'i ben iddo rŵan.
Dydi o ddim hyd yn oed yn furddun. Dydi o'n ddim byd
ond tomen o gerrig. Coed Duon oedd ei enw erstalwm.

Jeli oedden nhw'n galw'r dyn – am ei fod bob amser
yn crynu. Doedd o byth yn sobor a'r hogiau'n aros i'w
weld yn dod adref o'r dafarn. Ar gefn beic fyddai o wedi
mynd a'r hwyl oedd ei weld yn dod yn ôl ar gefn y beic a
hwnnw'n mynd yn igam-ogam o'r naill ochr i'r ffordd i'r
llall ac yntau'n morio canu.

Ond ow! Beth oedd hyn? Stopio'n simsan. Dod i lawr
oddi ar gefn y beic. Roedd colofnau mawr, duon ar draws
y ffordd.

'Shtorm fawr!' meddai'n uchel a'i dafod yn dew. 'Coed
i gyd wedi shyrthio!' A'r hogiau'n clywed pob gair.

Gollwng y beic ar ganol y ffordd. Rhedeg a neidio dros
y cysgod cyntaf. A'r ail. A'r trydydd . . . a throstyn nhw i
gyd. Yn chwys domen, siglo cerdded yr holl ffordd adref.

Robin Llys, hogiau Tŷ Pella a Huw Castella yn neidio
o'r coed am y cyntaf i gythru i'r beic ac ar ei gefn y buon
nhw drwy'r pnawn.

Gwenais ynof fy hun, yn cofio'r storïau oedd wedi gwneud i Dad chwerthin, yn cael hwyl wrth feddwl amdano fo'n cael hwyl erstalwm.

'Y ffordd yma oedd hi, yntê Taid?' gofynnais, yn cofio mai Huw Castella ydi o. 'Lle buost ti ar y beic wedi i ti ei ddwyn?'

'Benthyg. Nid dwyn.'

'Pwy aeth â fo'n ôl?'

'Dwi'm yn cofio.'

'Roddodd o flas ichi ar gael olwynion beth bynnag,' meddai Nain.

'Be wyt ti'n feddwl?' holais.

'Doedd gan 'run ohonyn nhw feic. Doedd gan bobl ddim cymaint o bres ag sy ganddyn nhw heddiw i fforddio prynu teganau i'w plant.'

'Pob hogyn gwerth ei halen oedd yn byw mor bell o bobman angen beic bryd hynny,' mynnodd Taid. 'Sut arall fedren ni fynd i'r pentref at y lleill?'

Fel roedden ni'n troi i fynd adref drwy'r porth, meddai Nain wrtho,

'Waeth iti gyfaddef be wnaethoch chi wedyn, ddim!'

'Be?' gofynnais, yn glustiau i gyd.

Ond cymerodd Taid arno nad oedd yn cofio.

'Cymryd coets babi,' meddai Nain. 'Pawb yn ei dro yn eistedd ynddi a saethu i lawr yr allt. *Olwynion* ti'n gweld. Hogiau'n myllio efo olwynion!'

'Paid â gwrando arni!' meddai Taid. 'Dydi hi ddim yn cofio, siŵr iawn!'

'O, ydw, dwi'n cofio,' mynnodd Nain. 'Cofio 'mhenôl yn wlyb ac yn oer wrth eistedd ar ochr y lôn mor hir. Cofio crio a chrio am eich bod chi wedi dwyn fy nghoets i. Cofio un ohonoch chi'n trio tywallt llefrith i 'ngheg am 'ch bod chi wedi colli'r deth.'

'Be?' meddwn i. 'Chdi . . . chdi . . . ?'

'Fi oedd y babi,' meddai Nain.

'Pan oeddet ti'n Nansi Tŷ Pella!' sylweddolais. 'Cyn iti ddod yn Nansi Castella?'

'Ia! A daeth un o olwynion y goets i ffwrdd a ches i byth fynd iddi hi wedyn.'

'Roeddet ti'n ddigon mawr i gerdded,' meddai Taid. 'Doeddet ti ddim angen y goets.'

'Roedden nhw i fod i 'ngwarchod i!'

'Syniad Robin Llys oedd hynny.'

'Yr hen fwrddrwg bach!' chwarddodd Nain.

'Mwrddrwg wir,' meddwn i. ''Swn i neu Sei wedi gneud be 'nath o i hen wraig Tyddyn Canol, cythral mewn croen faset ti'n ddeud.'

'Am be ti'n sôn?'

'Ti ddwedodd y stori.'

'Pa stori?'

'Yr un doedd Dad ddim yn gwybod ai chwerthin ai crio wnâi o wrth ei chlywed hi. Y ddwy Mrs Elis?' atgoffais hi. 'Y ddwy'n byw mewn llefydd digon anghysbell. Pur anaml yn cael sgwrs efo merched eraill. Un yn byw yn Nhyddyn Canol a'r llall yn Llys Gwynt. Y ddwy'n gweithio'n galed ofnadwy ar y ffermydd a phur anaml yn cael munud iddyn nhw'u hunain. Ond un diwrnod, a'r dynion wedi mynd i'r farchnad, aeth hen wraig Tyddyn Canol i weld hen wraig Llys Gwynt ac i arbed cerdded yr holl ffordd rownd y ffordd, aeth dros y wal derfyn. Dwmplen fach gron efo twtsh o lygad croes oedd hi, bechod. Wal gerrig uchel a dim gobaith mynd drosti. Felly aeth ag ystol fechan efo hi i'w helpu i ddringo. Cafodd groeso mawr gan Mrs Elis Llys Gwynt. Brysiodd i wneud crempog a'i chrasu. Y ddwy'n cael te bach a sgwrs. Ond pan aeth Mrs Elis Tyddyn Canol yn ôl at y clawdd terfyn, doedd yr ystol ddim yno. Bu'n rhaid iddi gerdded yr holl ffordd rownd y lôn a hithau'n bnawn poeth ofnadwy a'i thraed yn ei chlocsiau caled yn brifo'n sobor.'

Pesychodd Taid. Rhyw besychiad bach gwneud.

'Cael bai ar gam wnaeth o,' meddai.

'Robin Llys?' gofynnais. 'Am guddio'r ystol?'

'Bai ar gam?' holodd Nain 'Sut gwyddost ti?'

Ddywedodd Taid ddim byd. Gwelais ei wegil yn cochi. Roedd golwg ddryslyd ar Nain. Yna, cliriodd ei hwyneb. Lledodd syndod mawr drosto, fel petai wedi sylweddoli rhywbeth. Fel roedden ni'n cyrraedd adref, gwawriodd rhywbeth arna innau hefyd – yr unig ffordd, ymresymais, yr *unig* ffordd y medrai Taid fod mor sicr oedd . . .

'Nain?' gofynnais wedi iddo ddiflannu i rywle i'r cefnau. 'Wyt ti'n meddwl . . . ?'

Meddai hi, a'i llais yn llawn rhyfeddod, yn swnio fel

petai'n siarad efo hi'i hun ac nid efo fi: 'Wel! Wel! Robin Llys yn rhy handi i gael y bai am bopeth drwg oedd yn digwydd bob amser, mae'n rhaid!'

'Hei!' meddwn i pan ddaeth Taid i'r golwg toc. 'Sôn fod plant yr oes hon yn ddiawliaid bach drwg!'

'Be?' meddai'r ddau efo'i gilydd.

'Ia,' meddwn i. 'Petai beth ddigwyddodd efo'r ystol yn digwydd heddiw, petawn i neu Sei yn gneud rhywbeth tebyg fyddech chi'ch dau'n gwaredu. Dydan ni'n ddim gwaeth na Robin Llys . . . neu pwy bynnag wnaeth,' ychwanegais heb dynnu fy llygaid oddi ar wyneb Taid.

Ond y cyfan ddywedodd o oedd, 'Noson stormus heno. Clywch y gwynt yn codi.'

'Hy!' meddwn i. 'Troi'r stori.'

Gwen a Mair ac Elin
Yn bwyta lot o bwdin;
A Benja bach yn mynd o'i go
A chrio'n anghyffredin.

3. Crio'n anghyffredin

'Hen chwiorydd annifyr!'

'Llowcio pwdin Benja bach.'

'Stwffio fo i gyd i'w cegau.'

'Bol Benja bach yn brifo eisio bwyd.'

Ar noson fel heno, pan oedd yn hogyn bach, bach, yn cysgu yn y gwely yma, yn y llofft yma, roedd Dad yn meddwl yn siŵr mai Benja bach oedd yn crio, meddai Nain. Gwasgai ei ddwylo dros ei glustiau rhag clywed y sŵn, yn gwneud ceg gam a'i lygaid yn llenwi.

'Hen gnafon bach, barus, yntê, Nain?' meddwn i pan oeddwn i'n hogan fach a Nain yn darllen y pennill yn y llyfr hwiangerddi i mi. 'Rhag cywilydd iddyn nhw!'

'Doedd gan dy dad ddim byd i'w ddeud wrthyn nhw chwaith,' meddai hi.

Dim ond sŵn y gwynt ydi o. Ond mae'n gwthio ac yn sleifio'i hen fysedd hir, cas i mewn rhwng pren a gwydr chwareli ffenest fy llofft ac yn gwneud sŵn crio mawr wrth sgrytian y ffrâm yn flin. Mae'n tresio bwrw. Dadwrdd y dŵr ar y to yn fy nghadw'n effro. Y gwynt yn dyrnu'r ffenest. Crynais, yn ceisio swatio dan y dwfe i gynhesu, fy nhraed yn oer fel llyffantod.

Gwiiiiiich! Beth oedd hwnna?

Ffit-ffat. Slip-slop-slap. Nain yn ffit-ffatian-slip-slop-slapian ar hyd y landin yn ei slipars.

'Nain?' galwais yn ddistaw.

Daeth ei phen rownd y drws.

'Be sy?'

'Fedra innau ddim cysgu, Nain.'

'Ty'd i lawr i gael paned. Llai o sŵn y storm yno.'

'Taid yn chwyrnu'n braf,' meddwn i wrth fynd i lawr y grisiau.

'Un fantais o fod yn drwm ei glyw, debyg.'

Toc, yn y gegin, meddwn i, 'Nain, be oedd y stori tamaid *bach* o gig a thamaid *mawr* o frechdan?'

'Beth wnaeth iti feddwl am hynny?'

'Sŵn crio yn y gwynt heno. Cofio dy fod ti'n deud fod y stori'n gneud i Dad fod eisio crio. Mam Huw a Siani a Moi oedd hi, yntê?'

'Jên oedd ei henw hi. Dy hen, hen nain di.'

'Ac roedd eu cyfnither nhw, Magi Jên, yn deud pan oedd hi'n cael cynnig darn o deisen fala neu deisen fwyar duon pan ddaeth hi am dro efo'i thad i'w tŷ nhw ei bod hi eisio tamaid bach o'r ddau? Yn malio dim fod bwyd yn brin yno.'

'A chig yn ddrud, yn ddrutach na bara. Roedd yn anodd i'w mam gael digon o fwyd i lenwi boliau ei phlant. Gwraig weddw oedd hi, ei gŵr wedi cael ei ladd yn ei waith a hithau'n disgwyl babi a dau o blant mân ganddi'n barod.'

'Trist, yntê, Nain?'

'Sobor. Yn enwedig o gofio nad oedd arian budd-dâl na dim byd felly i'w gael bryd hynny.'

'Oedd hi'n dlawd iawn?'

'Dim gŵr – dim cyflog. Dim pres – dim bwyd. Roedd ei mam a'i modryb yn byw efo hi hefyd. Y ddwy yn hen ac yn orweddiog, prin yn medru symud yn eu gwelyau.

Golchi dillad pobl eraill fyddai hi i gael pres pan oedd y plant yn rhy fach i'w gadael yn y tŷ eu hunain. Pan oedden nhw'n ddigon mawr i fynd i'r ysgol byddai'n mynd allan i olchi dillad byddigions yn rhai o dai pobl fawr yr ardal. Ond wyddost ti be fyddai hi'n ei ddeud, gan chwerthin, ar nos Wener wedi bod yn y siop yn prynu bwyd am yr wythnos?'

'Be?'

'Fedra i gerdded ar hyd y pentref gan droi fy mhwrs a'i ben i lawr, rownd a rownd ar flaen fy mys, heb 'run ddimai goch ar ôl ynddo. Ond does arna i 'r un ddimai i neb chwaith.'

'Pam roedd hi'n deud hynny?'

'Ofn bod mewn dyled i neb. Ofn methu talu am fwyd. Ofn methu talu'r rhent. Ofn y byddai'n rhaid iddyn nhw fynd i'r wyrcws lle roedd bywyd yn ofnadwy o galed a'r plant yn cael eu cadw ar wahân i'w rhieni, petai hi'n methu cael deupen llinyn ynghyd.'

'Dwi'n deall pam roedd Dad eisio crio,' meddwn yn araf.

'Gafodd o hwyl hefyd.'

'Pam?'

'Meddwl am Moi, yr hogyn ieuengaf, hwnnw gafodd ei eni ar ôl i'w dad farw. Ei fam yn codi gyda'r wawr i bobi bara cyn cychwyn ar y golchi, yn rhoi'r toes ar yr aelwyd o flaen y tân i godi. Yntau'n sleifio yno'n llawn direidi ac yn procio'r toes yn y badell â'i fysedd bychain . . . i 'neud llun wyneb. A fyddai ei fam ddim yn deud y drefn ond yn chwerthin am fod popeth bach i fod i gael hwyl a chwarae meddai hi. A wyddost ti be arall fyddai hi'n ei ddeud?'

'Be?'

'Fod pob plentyn bach i fod yn frenin ar ei aelwyd ei hun a phawb arall i fod i estyn a chyrraedd iddo nes roedd yn ddyflwydd oed. Ond wedyn fod yn rhaid iddo yntau estyn a chyrraedd fel pawb arall. Roedd yn rhaid i blant Jên helpu – Siani yn y tŷ a Huw a Moi yn cael eu gyrru i chwilio am waith ar ffermydd yr ardal ar ddydd Sadwrn ac yn y gwyliau i gael rwdan neu dipyn o datws am hel cerrig.'

'Pa ffermydd?'

'Castella yn un.'

'Be? *Yma?*'

'Ia.'

'Dod yma'r holl ffordd o'r pentref?'

'Ia. Yn ôl pob sôn, yma y gwelodd Moi domato am y tro cyntaf erioed. Doedden nhw ddim mor gyffredin bryd hynny. Cafodd un o'r tŷ gwydr gan y garddwr am helpu ar ddiwrnod poeth. Roedd Moi yn meddwl mai eirinen oedd hi. Plannodd ei ddannedd iddi'n awchus – a'i phoeri allan y munud hwnnw am fod y blas yn ych-a-fi gan ei fod wedi disgwyl rhywbeth melys.'

'Does gynnon ni ddim tŷ gwydr.'

'Ôl ble roedd un erstalwm ar wal gefn y sgubor o hyd.'

'Wir?'

'Edrych pan gei di gyfle.'

'Ro'n i'n meddwl,' meddwn yn araf, wedi rhyfeddu, ''mod i'n 'nabod pob twll a chornel o Castella.'

'Rhywbeth newydd i'w weld o hyd, 'sti.'

Meddyliais am hynny. Meddai Nain, 'Roedd dy dad bron â rhoi dŵr ar y felin, er ei fod o'n hogyn reit fawr, pan glywodd fod y plant gymaint o ofn gorfod mynd i gartref plant amddifad. Siani fwy hyd yn oed na'r hogiau. Ofn i'w mam fynd yn sâl a marw.'

'Pam hi fwy na'r hogiau?'

'Allan fydden nhw ond roedd hi yn y tŷ yn helpu gyda'r hen wragedd a'r gwaith golchi. Byddai'n mynd efo'i mam i nôl a danfon dillad. Wrth gerdded ar hyd y pentref ar noson braf a'r ffenestri ar agor clywai'r genod bach yn crio yn y tŷ ar ben y rhes oedd yn fwy na'r tai eraill oherwydd ei fod yn gartref i enethod amddifad. Plant gweithwyr stad y plasty. Eu tadau wedi eu lladd yn y chwarel a'u mamau wedi marw o'r diciâu, mae'n debyg. Saesnes uniaith oedd yn edrych ar eu holau nhw a'r pethau bach yn crio am fod hiraeth yn eu llethu amser gwely, ond hefyd am nad oedden nhw byth yn cael digon i'w fwyta a'u bod bob amser ar lwgu. Er bod bwyd yn brin yn eu tŷ nhw, byddai Siani yn gneud heb frechdan ac yn ei sleifio i boced ei brat i'w rhoi i'r genethod yn yr ysgol ac yn cael hances boced wedi'i phwytho'n grand ganddyn nhw. Doedden nhw ddim yn cael mynd allan i chwarae fel y plant eraill ond yn gorfod aros i mewn i ddysgu gwnïo er mwyn iddyn nhw fedru mynd i weithio at wniadwraig am y nesaf peth i ddim wedi gadael yr ysgol.'

Tawodd Nain, yn synfyfyrio am funud uwch ei phaned de.

'A phawb rŵan yn cael mwy na digon yn eu boliau,' ochneidiodd.

Sylweddolais yn sydyn pam mae hi'n flin, mor, mor flin, pan fydd rhywun yn gwastraffu bwyd.

'Oedd y ddynes oedd wedi gorfod dwyn yn perthyn inni hefyd?' gofynnais.

'Nac oedd. Cymdogion oedd Nel Jones ac Elin Ifans. Y ddwy'n dlawd ac yn magu teuluoedd mawr. Un pnawn yn yr haf daeth y naill i weld y llall am baned a sgwrs. Roedd tân braf yn y grât ac ar rêl bres uwchben roedd pentwr o ddillad gwyn, glân wedi'u smwddio'n ddigon o ryfeddod yn eirio. Dillad plant.

'Cododd Nel Jones ar ei thraed ac wedi diolch am y baned, trodd a thynnu'r dilladau fesul un oddi ar y rêl a'u rhoi dros ei braich.

"Fi bia'r rhain, Elin Ifans," meddai hi.

'Ddywedodd Elin Ifans 'run gair o'i phen. Fedrai hi

ddim edrych ar ei chymdoges oherwydd hi oedd wedi mynd yn lladradaidd ar draws y cae liw nos i ddwyn y dillad oedd wedi'u gadael ar y lein i sychu dros nos. Y ddwy efo llond tŷ o blant. Y ddwy'n crafu byw i brynu bwyd a dillad ac esgidiau iddyn nhw. Mor dlawd fel bod un yn dwyn oddi ar y llall er eu bod yn gymdogion. Er eu bod nhw'n ffrindiau. Dyna iti be oedd tlodi'n ei 'neud.'

Gwelais y tristwch ar wyneb Nain ond gwenodd yn sydyn.

'Dal sylw arno yn y dydd a'i nôl yn y nos,' meddai hi.

'*Be?*'

'Dyna fyddai gŵr Elin Ifans yn ei ddeud . . . ac yn ei 'neud. Cafodd ei ddal un Dolig wedi dwyn gwyddau am iddi fwrw sgenten o eira ac ôl ei draed i'w gweld yn blaen.'

'O?'

'Dilynodd y dyn oedd biau'r gwyddau yr ôl traed a'u hawlio. Ond roedd gŵr Elin Ifans yn ddigon parod ei dafod a llwyddodd i bledio tlodi a'r angen am ginio Dolig i'w deulu. Cafodd un o'r gwyddau gan y perchennog. Hwnnw'n deall beth allai tlodi orfodi dyn i'w 'neud.

Yn gwybod, fel pawb arall, ei fod yn llaw flewog ond yn teimlo trueni dros ei wraig a'i blant hefyd.'

'Er ei fod yn lleidr . . .'

'A gwaeth. Dim syniad gan ei wraig a'i blant be oedd o'n ei 'neud hanner yr amser.'

'Chafodd o mo'i yrru i'r carchar?'

'Naddo – ddim y tro hwnnw.'

Roedd y ddwy ohonom yn ddistaw am dipyn.

'Nain?' gofynnais toc.

'Ia?'

'Taid a chdi a fi? Mae gynnon ni bob peth.'

'Be wyt ti'n feddwl?'

'Wel,' meddwn yn araf, yn chwilio am y geiriau iawn, 'dydan ni ddim fel pobl Llys Gwynt, nac ydan, Nain? Dydan ni ddim yn medru fforddio talu am *apartment* yn Nhwrci neu'r Bahamas neu ble bynnag dros wyliau'r haf.'

'Nac ydan, *wir!*'

'Ond mae gynnon ni bob peth rydan ni eisio.'

'Rwyt ti'n iawn. Popeth rydan ni wir ei angen. Iechyd. Bwyd. Dillad. To Castella uwch ein pennau ni.'

'Ond mae gynnon ni ddigon o bethau braf eraill hefyd.'

'Mwy na digon. Fydda i'n meddwl yn aml mor ddiolchgar fyddai fy nain, a fy mam hefyd, o gael digon o ddŵr glân dim ond wrth agor tap heb orfod cario pob diferyn o bistyll Tŷ Pella. A finnau'n cymryd hynny'n gwbl ganiataol wrth llnau a golchi a gneud bwyd.'

'Ond . . .' meddwn i'n syn. 'Mae dŵr glân . . .'

'Yn rhywbeth cwbl angenrheidiol?' gofynnodd.

Nodiais.

'Dim trydan chwaith, cofia. Gwaith caled oedd cadw tŷ a theulu'n lân efo bwyd yn eu boliau erstalwm.'

Edrychais arni'n ddifrifol. Pethau fel car, teleffon, teledu oeddwn i'n ei feddwl. Meddyliais am dipyn.

'Bechod, yntê Nain?' meddwn i toc.

'Be?'

'Bechod na fasan ni'n medru rhannu'r pres a'r pethau sy gynnon ni rŵan efo'r bobl yna erstalwm.'

Gwenodd Nain ryw wên fach ddigon trist.

'Ia.'

Roedd yn gas gen i ei gweld yn ddigalon. Brysiais i droi'r stori.

'Ust!' meddwn yn sydyn. 'Be ydi'r sŵn yna, Nain?'

Cnoc-cnoc! Cnoc-cnoc! Sŵn cnocio. Ar y ffenest.

'Dim ond y gwynt yn gneud i frigyn o'r hen goeden 'na daro ar y gwydr.'

'Y goeden enw doniol!' chwerthais.

'Y goeden-gas-gan-fwnci.'

'Yr Eurgain arall blannodd hi, yntê?' meddwn i. 'Yr un oedd yn byw yma erstalwm iawn, iawn?'

'Wedi dod â'r goeden yma o wlad bell.'

'Wyddwn i ddim mo hynna.'

'Wedi teithio'n bell efo'i thad, medden nhw. Hwnnw'n chwilio am greaduriaid a phlanhigion o bellafoedd byd i bobl fawr eu cael mewn parciau neu sw, fel roedd y ffasiwn yr adeg honno.'

Tu allan, chwythodd y gwynt yn gryfach fyth. Chwyrnodd wrth sgubo drwy'r coed uchel yng nghefn y tŷ.

'Pan fydda i'n clywed y sŵn yna,' synfyfyriodd Nain, 'fydda i'n meddwl amdani hi'n hen wraig yn ei glywed. Tybed oedd hi'n cofio'r adeg pan oedd hi'n ifanc? Yn clywed y gwynt ar y môr yn plygu'r hwylbren fel mae o'n plygu brigau'r coed yna? Yn clywed cynfas yr hwyliau'n clecian yn sŵn y dail yn cael eu hyrddio rownd y tŷ yma?'

'Llong hwyliau?'

'Ia. Glywais i ddeud iddi gael ei phen-blwydd yn un ar bymtheg yn mynd i fyny heibio'r Alban a Norwy ymlaen yr holl ffordd i Rwsia.'

'Pa anifeiliaid?'

'Dwi ddim yn siŵr. Eirth, sebras ac eryr, medden nhw, dwi'n meddwl.'

'Ein coeden ni hefyd?'

'Mae'n debyg. Pawb yn deud mor anghyffredin ydi un mor hen beth bynnag.'

Meddyliais am y straeon, yr holl straeon difyr, oedd yn dod ar y gwynt yn gwmni iddi hithau, yr Eurgain arall, felly. Gofynnais toc,

'Dad ddewisodd ei henw hi yn enw i mi hefyd, yntê?'

'Enw tlws i fabi tlws, medda fo; wedi gwirioni'n lân pan gest ti dy eni. Ond wyddost ti be? Pan oeddwn i'n ferch ifanc, mi fûm yn forwyn yma, yn edrych ar ôl yr hen wraig. Dyna pam rydan ni'n byw yma yn nhŷ'r byddigions.'

'Be 'dach chi'n feddwl?'

'Doedd gan yr hen wraig ddim plant. Mi adawodd y tŷ i mi yn ei hewyllys. A dyna'r rheswm pam gest ti dy enwi ar ei hôl hi.'

Cnoc-cnoc. Cnocio-cnocio-cnocio ar y ffenest o hyd. Gwrando ar y curo ac yn cofio imi ofyn i Nain unwaith,

'Oedd Mam yn hoffi'r enw?'

Wnaeth hi ddim byd ond troi draw bryd hynny gan rhyw godi'i hysgwyddau, achos hogan fach oeddwn i ar y pryd, a fydd hi byth yn lladd ar Mam. Bellach sylweddolaf, heb i neb orfod egluro – gan ei fod yn berffaith amlwg – mai'r unig enw sydd o bwys i Mam ydi enw ar gyfer cofrestru ebol.

'Nain?' meddwn i'n araf toc.

'Be?'

'Rhywbeth dwi ddim yn ddeall.'

'Be, 'mach i?'

'Neithiwr, yn Llys, ro'n i ofn.'

'*Ofn?* Rwyt ti wedi arfer efo anifeiliaid.'

'Gwartheg a defaid. Cŵn a chathod.'

'Ofn y ferlen oeddet ti?'

Codais f'ysgwyddau.

'Ogla gwahanol ar geffyl?' gofynnais yn betrus. 'Gwahanol i anifeiliaid eraill.'

'Ogla pob anifail yn wahanol, 'sti. Chwys ceffyl yn wahanol, debyg. Pam?'

'Dydw i 'rioed wedi teimlo fel'na o'r blaen,' cyfaddefais. 'Ond ro'n i ofn y munud y clywais i'r ogla. Yn teimlo fel petawn i mewn ogof. Y lle'n dywyll o'm cwmpas. Ond roedd y waliau'n symud, Nain. Dyna oedd yn ofnadwy. Yn dod yn nes ac yn nes bob munud. Yn cau amdana i.'

Roedd mỳg te Nain hanner y ffordd at ei cheg. Yn araf, heb edrych arna i, rhoddodd o'n ôl ar y bwrdd. Gwyddwn wrth ei hosgo ei bod hi'n gwrando'n astud iawn.

'Be?' gofynnodd. 'Be oedd yn symud?'

'Y lle tywyll. Roedd y to'n dywyll i gyd ac o 'nghwmpas i roedd 'na bethau fel colofnau uchel ond roedden nhw'n symud ac roeddwn i eu hofn nhw ond rhyngddyn nhw weithiau roedd 'na olau. Ro'n i eisio mynd allan i'r golau ond fedrwn i ddim. Ro'n i ormod o ofn i'r petha tal ddod dros fy mhen i. Roedd fy mhen-ôl i'n wlyb a fy wyneb i'n wlyb am mod i'n crio ond ro'n i'n gneud yn ddistaw am 'mod i ofn gneud sŵn. Dwi'm yn deall, Nain.'

Cododd Nain ei llygaid oddi ar y mỳg te. Edrychodd arna i'n ddifrifol a rhoi rhyw ochenaid fach.

'Dwi'n deall yn iawn,' meddai hi. 'Cofio beth ddigwyddodd pan oeddet ti'n hogan fach iawn wnest ti.'

'Erstalwm? Pan o'n i'n byw efo Mam?' gofynnais yn araf, araf, yn dal i feddwl am beth roeddwn i wedi'i gofio. Roedd fel llun yn fy mhen o hyd a hwnnw'n mynd yn fwy ac yn fwy.

'Gododd rhywun fi allan!' cofiais. 'Daeth breichiau rhywun rhwng y colofnau. Ro'n i'n sgrechian crio wedyn ond ro'n i'n teimlo'n ddiogel yn y breichiau a do'n i byth eisio mynd o'no,' gorffennais, oherwydd diflannodd y llun.

'Dy dad,' eglurodd Nain. 'Daeth adref o Affganistan a mynd yn syth i dŷ dy fam i dy weld di. Roedd lorri geffylau ar y buarth.'

Nodiais, yn gwybod mai ceffylau ydi bywyd Mam wedi bod erioed.

Aeth Nain ymlaen: 'Roedd dy fam wrthi'n llwytho ceffyl i'r lorri a hwnnw'n strancio tipyn.'

'Dim problem iddi hi,' gwenais, yn teimlo'n falch o Mam.

'Dim o gwbl. Neb, 'run dyn chwaith, tebyg iddi am drin march. Roedd dy dad yn ddigon call i gadw'n glir rhag cynhyrfu'r anifail fwy fyth. Ond wrth benffrwyn ar y ffens ger drws y tŷ roedd ceffyl mawr arall yn aros i fynd i mewn i'r lorri. Roeddet tithau wedi dod allan o'r tŷ ac wedi cerdded yn syth oddi tano. Dyna lle roeddet ti wedi eistedd ac yn codi'n simsan ar dy draed a'r ceffyl yn symud yn anniddig. Allet ti fod wedi cael dy gicio'n yfflon.'

'Breichiau Dad gododd fi allan!' sylweddolais yn falch.

'Ia.'

'A dyna pryd y daeth o â fi i Castella atoch chi a Taid?'

'A gofyn i ni ofalu amdanat ti pan oedd yn rhaid iddo fynd yn ôl i Affganistan. Oherwydd dyna'r ail waith iddo gyrraedd adref a gweld rhywbeth tebyg.'

'Ac yma rydw i byth!' gwenais.

'Gain . . .' meddai hi. 'Gain . . . ?'

Gwyddwn yn iawn beth roedd hi am ei ddweud. Torrais ar ei thraws yn frysiog:

'Dwi ddim yn cofio dim byd arall.'

'Ychydig wythnosau oed oeddet ti. Mewn crud yng nghefn fan ac un o'r genod bach roedd dy fam yn ei dysgu i reidio yn dy warchod tra oedd hi'n hyfforddi ceffyl. Neb arall ar eu cyfyl nhw a dy dad yn poeni beth fyddai wedi digwydd iti petai dy fam yn cael ei lluchio oddi ar gefn y ceffyl a'r eneth yn rhy fach i wybod be i 'neud a hwythau'n bell o bob man yng nghanol caeau.'

'Be ddigwyddodd?'

'Gawson nhw andros o ffrae bryd hynny.'

'Dad a Mam?'

'Ia. Dy fam yn deud dy fod ti'n berffaith ddiogel ac na fedrai hi 'neud dim byd arall gan fod yn rhaid iddi weithio. Dy dad yn anghytuno'n ffyrnig ond fedrai o ddim edrych ar d'ôl di ei hun wedi iddo fynd yn ôl. Wnes i 'ngorau i'w dawelu o a deud na fedrai dim byd mawr fod wedi digwydd gan na fedret ti ddim symud llawer a dy fam yn giamstar ar drin ceffyl.'

'Roedd yn wahanol erbyn ro'n i'n cerdded,' meddwn i'n araf.

'Oedd. Dyna pam gadawodd o chdi yma tra oedd o'n

mynd i Affganistan am y tro olaf. Dy fam wedi cytuno dy fod yn well dy le efo ni nes byddai'n dod yn ôl.'

Clywn ei llais yn crynu. Gwelais ei hwyneb bron, bron â chrebachu. Brathodd ei gwefus isaf a cheisio atal ei llygaid rhag llenwi. Roedd yn gas gen i ei gweld hi felly.

'Ond ddaeth o ddim, naddo Nain?'

'Dim ond mewn bocs, Gain fach. Yn ei arch.'

Roedd y ddwy ohonon ni'n ddistaw am funud.

'Weithiau, Nain, fydda i'n teimlo'n flin efo fo. Am 'y ngadael i. Roeddet tithau hefyd, yn toeddet, Nain? Am iddo fynd yn filwr?'

'Oeddwn. O 'ngho'n las.'

'A Taid?'

'Os rhywbeth, roedd o'n waeth na fi. I feddwl y byddai mab i ni'n lladd rhywun. Pobl ddiniwed ran amlaf.'

'Doeddech chi ddim eisio iddo fynd i'r fyddin?'

'Nac oedden siŵr. A doedd yntau ddim eisio lladd neb chwaith, meddai fo, ond fedren ni mo'i rwystro fo. Roedd o'n daer am fynd.'

'Pam, Nain?'

'Wedi mopio'i ben efo peiriannau, yntê? Eisio dysgu

eu trin nhw a'u trwsio nhw. Tynnu pethau'n ddarnau a'u rhoi nhw'n ôl oedd ei bleser ers pan oedd o'n fychan iawn. Dy daid eisio iddo fynd i weithio i garej a gneud prentisiaeth.'

'Pam na wnaeth o hynny?'

'Roedd o wedi dechrau mynd efo cadetiau'r fyddin. Miwsig y band a'r camu wrth fesur wedi'i hudo a'i ddenu.'

'Pardwn?'

'Martsio.'

'O!'

'Roedd o'n grymffast mawr cryf ac yn gallu cario'r drwm mawr oedd yn arwain y band. Cafodd flas ar ddyrnu hwnnw a mynnu ymuno â'r fyddin. Deud y câi ddysgu mynd yn beiriannydd yno. Y byddai'n cael cyfle efo hofrenyddion a thanciau a phethau felly. A'r creadur bach ddim yn sylweddoli, am nad oedd o ddim eisio meddwl am y peth, y byddai'n rhaid iddo danio gwn a saethu at bobl byw o gig a gwaed.'

'Ond roedd o wrth ei fodd yn y fyddin?'

'Nes y bu'n rhaid iddo ymladd o ddifri. Roedd hynny'n

ddychrynllyd, meddai. Doedd o ddim eisio dal ati. Ond wedyn gest ti dy eni a doedd ganddo ddim dewis, meddai.'

'Be oedd o'n feddwl?'

'Genod bach fel ti ddim hyd yn oed yn cael mynd i'r ysgol gan y Taliban.'

'Ond roedd o am adael y fyddin?'

'Oedd. Am chwilio am waith arall – trwsio hofrenyddion ambiwlans awyr, achub ar y mynyddoedd, yr heddlu. Unrhyw beth oedd yn gneud lles, meddai. Am wneud trefniadau gynted fyth ag y medrai er mwyn gofalu amdanat ti ei hun nes y byddet ti'n ddigon mawr i fyw efo dy fam tra byddai o i ffwrdd.'

'Efo'r ceffylau,' meddwn i.

'Efo'r ceffylau,' meddai Nain, yn hanner gwenu.

'A bwyta allan o hen dybiau iogwrt, yn lle llestri iawn, ia?'

'BE?'

'Ailgylchu, meddai hi.'

'Mae hynny *yn* bwysig.'

'Wedi dim ond slempan i'w golchi? Ych a fi!'

'Mae'n bwysig meddwl am y pethau gorau ynghylch pobl. Nid y gwaethaf.'

Chwarae teg i Nain, meddyliais, yn gwybod yn iawn ei bod yn ddistaw bach yn wfftio fod Mam yn gymaint o slebog.

'Gain,' meddai hi wedyn, yn dechrau dweud drachefn, fel bydd hi bob hyn a hyn, 'wyddost ti, Gain . . . ?'

'Ydw, Nain. Wn i'n iawn y ca' i fynd i fyw efo Mam unrhyw adeg dwi eisio.'

'W . . . wrth g . . . wrs.'

'Yn y bocs ceffylau!'

'Chwarae teg,' protestiodd Nain. 'Dim ond dros dro oedd hynny. Tra oedd hi'n gosod y tŷ i ymwelwyr. Roedd yn rhaid ei hedmygu hi. Yn ymdrechu i gael deupen llinyn ynghyd pan oedd yr esgid yn gwasgu a dim arian ganddi i dalu biliau.'

'Gawn i datŵ ar fy ffêr wedyn,' meddwn yn ddifrifol. 'Iâr fach yr haf ddigon o sioe! Dyna swanc fyddwn i!'

Ddywedodd hi'r un gair o'i phen.

'Dwi'n siŵr y cawn i fflyd ohonyn nhw i hedfan rownd fy nghoes 'tawn i eisio!'

Dim gair wedyn chwaith.

'Gawn i ffôn hefyd.'

Gwelwodd ei hwyneb.

'Gawn i wneud popeth dwi eisio gan Mam.'

Brathodd ei gwefus isaf. Fedrwn i ddim dioddef ei gweld wedi cymryd ati gymaint.

'Dwyt ti ddim yn deall, nac wyt?' meddwn.

'Deall be?'

'Does gen i ddim diddordeb mewn ceffylau. Felly dim ots gan Mam be wnawn i. Does ganddi ddim digon o ddiddordeb hyd yn oed i'm rhwystro rhag gneud rhywbeth hurt.'

Yn sydyn, daeth cysgod gwên dros wyneb Nain.

Troais y stori: 'Teulu Sei yn ddiolchgar iawn, iawn, i Mam.'

Agorodd llygaid Nain yn syn.

'Pam?'

'Mari, ei chwaer fawr. Wedi mynd ati o'r ysgol ar brofiad gwaith. Yn fwg ac yn dân am weithio efo ceffylau, meddai hi.'

'Dydw i ddim yn deall . . .'

'Rhieni Sei o'u co'n las. Eisio iddi feddwl am waith arall. Cadw ceffyl a reidio fel hobi ond nid dyna oedd hi eisio nes aeth hi at Mam.'

'Ond hi fyddai'r olaf i'w rhwystro . . .'

'Pan welodd Mari mor galed roedd hi'n gweithio, bob awr o'r dydd a'r nos, a bod ganddi filiau milfeddyg hyd ei braich, yn gorfod crafu am arian i'w talu nhw a bwyd ceffylau mor ofnadwy o ddrud a'i bod hi allan ym mhob tywydd, newidiodd ei meddwl.'

'Sylweddoli nad ydi bywyd efo ceffylau ddim yn fêl i gyd?'

'A bod yn rhaid gweithio'n galed iawn a chael lot o lwc hefyd i lwyddo.'

'Felly . . . ?'

'Mae Mari'n gneud cwrs i fod yn nyrs anifeiliaid ac yn cynilo'i harian i dalu am fenthyg ceffyl i fynd am reid.'

'Call iawn.'

Ddywedodd yr un ohonon ni'n dwy ddim byd am funud. Yna, ystwyriodd Nain a gofyn, 'Ond . . . Gain?'

'Dwi ddim yn meddwl . . .' meddwn i'n araf, 'y byddai'r bwyd hanner cystal.'

'Fawr o amser gan dy fam i baratoi prydau, beth bynnag.'

'Fawr o steil wrth ei fwyta chwaith!' meddwn yn ddireidus.

'Ddylet ti ddim pryfocio! Bechod, mae'n debyg mai ar ei chythlwng oedd hi. Heb gael fawr i'w fwyta drwy'r dydd.'

'Ar lwgu neu beidio,' meddwn i, 'doedd o ddim yn beth neis iawn i'w 'neud, nac oedd?'

'Ym mharti pen-blwydd arbennig Taid? Nac oedd.'

'Sglaffio bwyta. Llowcio popeth o fewn cyrraedd. Sbydu'r bwyd i gyd a sychu'i cheg â'i llawes!' meddwn i. 'Pawb yn sbio arni! Sôn am godi cywilydd ar rywun!'

'Neb wedi'i dysgu'n wahanol, debyg,' meddai Nain.

'Byw efo Mam?' gofynnais ac ysgwyd fy mhen. 'Dwi ddim yn meddwl. Dim diolch! Byddai'n well o lawer gen i beidio!'

'Mae hi *yn* fam iti . . .'

'Bod efo hi ambell bnawn. Diwrnod hyd yn oed,

weithiau. Mynd i sioe efo hi bob hyn a hyn, ella. Ond byw efo hi? Dim diolch.'

'Croeso mawr iti. Mae hi wedi deud hynny'n aml.'

'Ydi.'

'Ac mae hi'n ddigon ffeind efo ti.'

'Ydi,' cytunais, yn gwthio'r cwch i'r dŵr braidd. 'A dwi'n cael ambell anrheg pan fydd hi wedi ennill gwobr go lew efo'r ceffylau.'

'Anrhegion digon drud, hefyd.'

'Neu pan fydd hi wedi cael pris da wrth werthu un.'

Gwelwn y pryder lond ei llygaid. Roedd hi mor awyddus i fod yn deg. Yn berffaith, gwbl deg.

'Wyt. A fydda i wastad yn meddwl . . .'

'Be?'

'Nad oes neb wir fel tad a mam.'

'Mae'n dibynnu,' meddwn yn araf, yn edrych i fyw ei llygaid, ac yn meddwl am rai rhieni roeddwn wedi clywed amdanyn nhw. Rhai na fyddwn i byth bythoedd wedi hoffi eu cael nhw. Rhai rydw i'n llawer gwell hebddyn nhw.

'Ar be?'

'Sut rai ydyn nhw.'

'Ydi, debyg. Ond mae pobl eraill *yn* trio . . .'

Gwyddwn yn iawn mai sôn amdani hi a Taid oedd hi.

'Dy ddewis di ydi o,' medden nhw bob hyn a hyn, yn ymdrechu bob amser i fod yn deg ac i beidio â dylanwadu arna i. 'Rwyt ti'n ddigon hen i ddewis efo pwy wyt ti eisio byw erbyn hyn.'

Ond gwn yn iawn mor gas ganddyn nhw fyddai 'ngweld i'n mynd. A beth bynnag, efo nhw yng Nghastella ydw i eisio bod. Nhw fu'n edrych ar f'ôl i pan oeddwn yn rhy fach i wneud dim byd drosof fy hun. 'Felly,' meddwn yn bendant. 'Dim diolch. Chawn i byth stori yno.'

'Be ti'n feddwl?'

'Wel, fedri di weld Mam yn trafferthu i ddeud stori? Efo amser i ddeud stori?'

'Anodd dychmygu.'

'A heb straeon, faswn i byth yn nabod Dad.'

'Chdi a dy straeon,' meddai hi, â rhyddhad lond ei llais. 'Beth am stori'r lôn bren?'

'Y?' meddwn i.

Wnaeth hi ddim hyd yn oed fy nghywiro i, er cymaint fydd hi'n arfer rhefru am gwrteisi.

'Y grisiau 'na. Am y gwely amdani!'

Rhedodd cryndod drwy nghorff yn sydyn.

'Dwi'n oer,' cwynais. 'Fy nhraed i fel talpiau o rew.'

'Dim syndod a chditha'n llyffanta rownd y lle 'ma heb dy slipars. Dos i nôl dy botel ddŵr poeth.'

Tedi pinc ydi mhotel ddŵr poeth i. Wedi i'r tecell ferwi, tywalltodd Nain y dŵr i mewn iddi.

'Fyddi di'n ddeg oed cyn bo hir,' meddai hi heb edrych arna i.

'Rhif dwbl!' meddwn i. 'Ac wedyn . . .'

'Fyddi di'n cael mynd i'r dre i gyfarfod dy ffrindiau ar bnawn Sadwrn.'

'Ar fy mhen fy hun?' gofynnais, yn falch ei bod hi'n cofio ac y byddwn yn cael digon o amser i chwilota yn y siopau elusen am lyfrau heb i neb swnian arna i i frysio.

'Taid neu fi'n dy nôl ac yn dy ddanfon. Fyddi di angen ffôn. I roi gwybod inni pryd byddi di'n barod i ddod adref.'

'Dwi'n cael un ar fy mhen-blwydd?' gwaeddais. 'Wir?'

Rhoddodd Nain y tecell o'i llaw.

'Beth am inni fynd i chwilio am un fory?'

'Fory!' meddwn i, yn methu coelio 'nghlustiau.

'Iti gael dod i'w ddeall yn iawn erbyn dy ben-blwydd.'

Dysgu ei ddeall yn iawn, wir! Oedd hi'n meddwl 'mod i'n dwp? Fetia i y medra i anfon nodyn bodyn gystal â neb!

'Nain, ga i un coch, tena, sy'n sglefrio ar agor neu un piws? Un ysgafn, tena? Un sy'n tynnu lluniau?'

'Gei di ddewis p'run bynnag wyt ti eisio, 'mach i.'

'Waw!' meddwn i. 'Felly . . . ?'

'Felly be?'

'Pan a' i i'r dre, ga i fynd i gael tatŵ hefyd?'

Doeddwn i ddim eisio tatŵ mwy na chur yn fy mhen, siŵr iawn! Mae'r syniad o gael gwneud un yn gyrru iasau drwydda i. Ond roedd pryfocio'n sbort!

'Dim bai ar y cynnig!'

'Dim gobaith mul yn y Grand National?'

'Dim gobaith caneri, cofia!'

Cydiodd yn y corcyn rwber i gau'r botel ddŵr poeth.

'Fydda i'n meddwl am fy mam yn aml pan fydda i'n gneud hyn,' meddai hi.

'Fy hen nain i?'

'Ia. Dyna falch fyddai hi petai ganddi hi un rwber, feddal fel hyn.'

'Yn lle'r badell bres sy'n hongian ar y landin? Yr un roedden nhw'n rhoi cols i mewn ynddi a'i rhoi i mewn yn y gwely i'w gynhesu?'

'Nage. Fedren nhw ddim cysgu yn y gwely efo rheini.'

'O! Wn i! Yn lle'r botel garreg sy'n dal drws dy lofft di a Taid, yntê? Yr un fydd o'n ei rhegi pan fydd o'n taro bodiau'i draed yn ei herbyn nes bydd o'n gweld sêr?'

'Ia. Ond byddai'n deud nad oedd gan ei mam hi ddim un felly, hyd yn oed. Y cyfan oedd ganddyn nhw oedd bricsen neu garreg wedi'i rhoi yn y tân, ei thynnu allan wedi iddi boethi a'i lapio mewn gwlanen i roi wrth draed rhywun gwael i'w gadw'n gynnes yn ei wely. Pan ddaeth poteli dŵr poeth rwber yn gyffredin, byddai Mam yn deud mor handi oedden nhw.'

'Y dyn mwstásh oedd ei gŵr hi?'

'Pwy wyt ti'n feddwl?'

'Hwnnw oedd biau'r cwpan sydd ar sil ffenest y parlwr? Yr un laswyrdd hardd efo blodau pinc a melyn arni a darn drosti i gadw mwstásh rhag mynd i'r te?'

'Tad fy mam. Fy nhaid i.'

'Hwnnw roedd pawb yn deud ei fod yn ddyn da iawn?'

'Ia. 'Radeg hynny roedd yn arferiad i bawb ddeud gras cyn pob pryd bwyd ac i gadw dyletswydd deuluaidd bob dydd.'

'Cadw *be*?'

'Pawb yn y tŷ yn dod at ei gilydd i ddarllen y Beibl a gweddïo. A byddai dy hen, hen daid di, pan fyddai ar ei liniau, bob amser yn deud: "Diolch i Ti, O Dduw, am ein synhwyrau." Sef fod neb yn dioddef salwch meddwl. Gneud i rywun feddwl iddo weld rhyw druan yn dioddef hynny rywdro.'

'Fo oedd yn tynnu'i het dros ei glustiau?'

'Ia.'

'A Dad yn meddwl fod hynny'n ddoniol.'

'Oedd.'

'Pam roedd o'n gneud hynny, hefyd?'

'Rhag clywed hogiau'r chwarel yn rhegi. Hynny'n merwino'i glustiau, meddai.'

'Be wyt ti'n feddwl?'

'Brifo'i glustiau. Eu parlysu neu eu rhewi efo sŵn cas.'

'O.'

'Yr hogiau'n malio dim pan oedd dynion eraill yn deud y drefn wrthyn nhw ond yn tewi'r munud y gwelen nhw'r het dros y clustiau.'

'A be oedd Dad yn feddwl am hynny?'

'Doedd o ddim yn deall beth oedd parchedig ofn.'

'A be ydi o?'

'Fod gen ti ddigon o feddwl o rywun i beidio gneud rhywbeth rhag eu brifo nhw.'

Doeddwn i ddim yn siŵr oeddwn i'n deall chwaith ac wedi mynd i'r gwely rhoddais fy nhraed ar Tedi am dipyn. Wedi i 'modiau gynhesu, swatiais dan y dwfe efo fo yn fy mreichiau yn meddwl am yr hyn roedd Nain wedi'i ddweud.

Llun Dad ar y bwrdd wrth erchwyn y gwely oedd y peth olaf welais cyn cysgu a'r peth cyntaf a welais wedi deffro yn y bore. Ond roedd y botel ddŵr poeth yn llugoer erbyn hynny.

∞

'Ty'd Twm! Ty'd Twm! Ty'd Twm *wir!*' crefodd Kathryn Llys Gwynt, gan neidio i fyny ac i lawr yn llawn cyffro wrth geisio edrych draw dros y wal o giât yr ysgol i weld oedd y tacsi fyddai'n mynd â ni adref yn dod ar hyd y ffordd fawr cyn troi tuag at y fynedfa.

'Mae o'n *hwyr!*' cwynodd wrth i blant eraill fynd i geir eu rhieni neu i'r bws oedd yn mynd â nhw adref neu gerdded o'r ysgol tua'u cartrefi fesul criw.

'Traffig trwm,' meddai Sei, yn sefyll wrth f'ochr efo'i gefn ar y wal.

'Ond dwi ar frys i fynd adref!' cyhoeddodd Kathryn. Edrychodd dros ei hysgwydd a chodi'i llais er mwyn i'r rhai oedd yn mynd heibio inni glywed: 'Mae Dad wedi anfon BlackBerry i mi a dwisio gweld ydi o wedi cyrraedd!'

'Ddim yn amser mwyar duon,' meddai Sei.

Gwenais, yn gwybod yn iawn ei fod o'n gwybod

be oedd Kathryn yn ei feddwl. Gan ei bod hi'n berwi cymaint, doedd hi ddim wedi clywed.

'Ella na ddaw o ddim heddiw,' meddwn i, wedi laru arni'n cwyno fel tiwn gron fod y tacsi'n hwyr.

'Dad wedi deud.'

'Ond dydi o ddim adref, meddet ti.'

'Skype.'

'O!' meddwn i.

'Syndod nad oes gen ti iChat,' meddai Sei.

'Y?' meddwn i.

'Dwi'n mynd i gael un gan Dad hefyd. Er mwyn inni gael siarad drwy'r adeg.'

'Lle mae o?'

'De America,' atebodd yn ansicr, wedi meddwl am funud. 'Buenos Aires. Mae o'n mynd i Rio wedyn, dwi'n meddwl.'

Synnais. Roedd hi'n amlwg na wyddai hi ddim yn iawn ble roedd ei thad. Roedd yn brafiach arna i. Gwyddwn yn iawn ble roedd Dad. Ac . . . ac . . . oedd hi'n siarad efo fo mor aml ag roedd hi'n ei ddweud?

'Sut un ydi o?' gofynnais i Sei.

'Pam?'

'Dwi 'rioed wedi'i weld o.'

'Na finnau chwaith.'

'Dyna pam na fydd o byth efo Kathryn?'

'Be ti'n feddwl?'

'Yn ei gwylio hi'n rhedeg ym mabolgampau'r ysgol. Yn ei chefnogi hi yng ngala nofio'r Urdd ac yn 'steddfod,' meddwn i, yn cofio'r adegau y byddwn i wedi hoffi petai gen i dad i fod yno efo fi, yn gweiddi ac yn cymeradwyo fel y tadau eraill. 'Ac yn gweld ei gwaith hi ar noson agored i rieni yn yr ysgol,' ychwanegais.

'Glywais i ei mam hi'n cwyno wrth Mam. Ei fod â'i drwyn mewn rhyw bapurau'r rhan fwyaf o'r adeg hyd yn oed pan fydd o adref.'

'Hwrê!' gwaeddodd Kathryn, yn gweld Tacsi Twm yn dod. 'Ga i weld anrheg Dad mewn chwinc rŵan!'

'Be fyddi di'n ei roi'n anrheg iddo fo?' gofynnais.

'I bwy?'

'I dy dad, siŵr!'

'Pryd?' holodd yn syn.

'Ar ei ben-blwydd. Neu Dolig. Ar Sul y Tadau. Neu

dim ond pan wyt ti eisio rhoi anrheg iddo fo. Pan wyt ti wedi meddwl am rywbeth neu wedi gweld rhywbeth fasa fo'n ei hoffi.'

Gwelais rywbeth yn diffodd yn ei llygaid hi, fel petai'r sbort yn diflannu.

'Fydda i ddim yn gneud,' meddai o'r diwedd. Yna, fel petai'n chwilio am esgus ac yn ceisio cyfiawnhau ei hun: 'Wn i ddim be fasa fo'n hoffi'i gael. Felly, fedra i ddim, na fedra?'

Ond gan mai Kathryn Llys Gwynt oedd hi, arhosodd hi ddim i mi ateb. I mewn â hi i'r tacsi y munud y stopiodd wrth ein hymyl.

'Ddychrynaist ti hi,' meddai Sei.

'Do?'

'Golwg fel bwji a'i gawell wedi cyrraedd adran y cathod mewn sioe ffwr a phlu arni, beth bynnag!'

Pwy ond Sei fyddai'n dweud hynna? Ond wnes i ddim gwenu hyd yn oed. Meddyliais yn sobor am Kathryn. Sylweddolais fod ganddi dad, ond nad oedd hi'n ei adnabod. Doedd hi ddim callach sut un oedd o. Ella'i bod hi'n gwybod yn iawn sut wyneb oedd ganddo a sut roedd o'n edrych, ond wyddai hi ddim sut un oedd o tu mewn. A finnau wedi meddwl mor braf oedd arni hi – fod ganddi hi dad.

Erbyn hyn, doeddwn i ddim mor siŵr. Dydi pethau ddim bob amser fel maen nhw'n ymddangos ar yr olwg gyntaf. Cofiais nad oedd ganddi daid na nain chwaith. Newydd ddod i fyw i Llys Gwynt mae hi a does ganddi hithau ddim brawd na chwaer.

Ond mae'n sefyll i reswm ei bod hi'n brafiach arna i nag arni hi. Ella nad ydi Dad ddim yn mynd ac yn dod i Castella fel roedd ei thad hi'n mynd ac yn dod i Llys. Ond gwn yn iawn beth roedd o'n ei hoffi, yn gwneud iddo chwerthin ac yn gwneud iddo fod eisio crio. Clywais yr un straeon yn union ag roedd yntau wedi'u clywed. Dydw i ddim angen dim byd arall i'w adnabod yn iawn. Ella nad ydi o ddim yno yn sefyll wrth f'ochr i, ond mae o yna drwy'r adeg yn fy mhen i.

Yn sydyn, roedd gen i biti dros Kathryn. Ella'i bod hi'n cael pob dim roedd hi eisio ond roedd gen i biti drosti hi'r un fath. Wn i'n iawn na fyddai Dad byth, byth wedi 'ngadael i oni bai fod raid iddo. Oni bai ei fod o wedi

marw. Oni bai ei fod o wedi cael ei ladd. Wn i hynny am
'mod i'n cofio'i freichiau yn dynn, dynn amdana i, yn fy
nghadw'n ddiogel.

Tybed . . . tybed ydi Kathryn yn cofio teimlo hynny?

'Bydd raid imi drio bod yn gleniach efo hi,' addewais
i mi fy hun.

'Ella na fydd y parsel ddim wedi dod,' pryfociodd Sei.

'Ond wela i Dad ar Skype wedi mynd adref,' meddai
Kathryn.

Cofiais am Sioned, fy nghyfnither fach sy'n byw yng
Nghaerdydd. Mae ei thad hi ar y teledu o hyd yn gwneud
rhywbeth ar y rhaglen newyddion. A phan oedd hi a'i
mam yn aros yng Nghastella roedd hi'n rhuthro at y
teledu pan oedd ei thad yn ymddangos ar y sgrin ac yn
rhoi sws fawr, wleb iddo. Roedd y llun i gyd yn aneglur
toc a lot o waith rhwbio i'w gael yn lân.

'Dad yn oer,' meddai hi ymhen rhyw ddiwrnod neu
ddau gan gilio draw oddi wrth y teledu. 'Dad yn galed.'
A wnaeth hi ddim rhoi sws iddo fo wedyn.

Un felly oedd tad Kathryn. Tad plastig i bob pwrpas.
A hithau wrthi'r munud hwn yn ei frolio wrth Twm.

'Fydd hi byth yn sôn am ei mam,' meddwn dan fy ngwynt wrth Sei.

'Honno'n brysur efo'i gwaith bob amser.'

Ella, meddyliais, *ella* nad ydi hi ddim mor braf ar Kathryn ag mae hi eisio inni feddwl. Nad ydi cael pob peth mae hi ei eisio ddim yn braf o gwbl.

Wedi inni droi oddi ar y ffordd fawr yng nghroesffordd Rhos, arafodd y tacsi ar y darn cul o'r ffordd wrth inni gyrraedd porth Castella.

'Ceffyl yn dod i lawr yr allt,' meddai Sei.

'Sophie ydi hi!' galwodd Kathryn yn llawn cyffro.

'Nid Sophie seliwloid ydi hithau chwaith, chwarae teg,' meddyliais yn sydyn.

'Dwi'n nabod y ceffyl yna!' gwaeddodd Kathryn. 'Cesar Goch ydi o! Stalwyn. Mae Sophie yn ei dorri i mewn.'

'Felly cadw dy lais i lawr,' meddwn i. 'Cofia fod ffenest y tacsi ar agor a bod sŵn yn cario. Rhag ei ddychryn o,' eglurais i Sei a Twm. 'Ddylet ti fod yn gwybod, Kathryn.'

'Sut gwyddost ti?' meddai Kathryn yn ddigon puprlyd. 'Dwyt ti ddim yn reidio.'

'Synnwyr cyffredin,' atebais.

Er bod Twm wedi stopio i wneud lle i'r ceffyl fynd heibio, digon cyndyn oedd o o fynd; roedd gweld car mewn lle nad oedd un o'r blaen yn ei ddychryn. Yn y cyfrwy roedd Sophie yn gefnsyth ac yn urddasol, yn siarad efo fo'n dawel fach, ei dwylo'n ysgafn a phendant ar yr awenau, ei choesau'n gadarn ar ei ochrau. Lluchiai'r ceffyl ei ben i fyny, ac roedd gwyn ei lygaid yn y golwg wrth iddo'u rowlio'n ofnus.

Dechreuodd ddawnsio'n nerfus o'r naill ochr i'r ffordd i'r llall ac yna, heb rybudd, cododd yn sydyn ar ei ddwy droed ôl, a'i goesau blaen yn crafangu'r awyr yn frawychus. Ceisiai luchio'i farchog o'r cyfrwy. Ond methu wnaeth o. Doedd ganddo ddim gobaith. Trodd Sophie y ceffyl fel y gallai fynd ychydig gamau yn ôl i fyny'r allt.

'Well imi fynd allan rŵan,' meddwn i.

'Call iawn,' meddai Twm heb dynnu'i lygaid oddi ar Sophie. 'Mae'n andros o gamp aros ar gefn y ceffyl yna. Yr hogan fel petai wedi'i gludio ar ei gefn. Mae'n farchog ardderchog.'

'Ydi,' meddwn i. 'Ydi, mae hi.'

'F'athrawes reidio *i* ydi hi,' meddai Kathryn y munud hwnnw.

'Hwyl,' meddwn i wrthi hi a Sei.

'Diolch,' meddwn wrth Twm.

Erbyn i mi fynd allan o'r tacsi roedd Sophie wedi troi'r ceffyl er mwyn iddo weld y tacsi'n iawn. Llygadai yntau bopeth yn amheus. Anogodd hithau o i symud ymlaen. Yn gyndyn iawn aeth heibio inni.

'Haia, Gain-i, haia,' galwodd Sophie yn dawel, yn canolbwyntio ar Cesar o hyd.

'Haia, Mam,' meddwn i dros f'ysgwydd.

Agorodd twll fel ogof yn wyneb Kathryn.

'Cau dy geg rhag iti lyncu pry, wir!' meddwn i, yn anghofio imi addo bod yn gleniach efo hi, a difaru'r munud hwnnw.

Ond chlywodd hi ddim. Erbyn hynny roeddwn wedi troi i gerdded adref i fyny lôn Castella, wrth i Tacsi Twm gychwyn yn araf, cyflymu a theithio i fyny'r allt i gludo Sei i Bodlas a Kathryn ymlaen i Llys Gwynt.

Un o brif gymwynaswyr llenyddiaeth plant Cymru yw Emily Huws. Enillodd Wobr Tir na n-Og ddwy waith yn olynol – ddwywaith – ac fe gyflwynwyd Tlws Mary Vaughan Jones iddi am ei chyfraniad nodedig i'r maes. Mae hi'n parhau i fyw yn yr union ddyddyn lle cafodd ei geni, ger pentref Cae-athro, Caernarfon.